처절한
정원

미셸 깽 소설 | 이인숙 옮김

문학세계사

옮긴이 **이인숙**

1960년 안양 출생

1989년 프랑스의 프로방스 대학에서
알베르 까뮈에 대한 연구로 문학박사 학위 취득

2001년 대산문학상 번역부문 수상

현재 한양대학교 유럽어문학부 교수

저서 : 『한국문학의 외국어 번역』 (민음사, 공저)

『프랑스 사회와 문화』 (만남, 공저)

역서 : 『Talgung』 (Seuil,2001. 서정인의 『달궁』 프랑스어 번역)

처절한 정원

미셸 깽

•

초판 1쇄 발행일 2002년 3월 11일

개정판 15쇄 발행일 2019년 1월 25일

옮긴이 이인숙

펴낸이 김종해

펴낸곳 문학세계사

주소 서울시 마포구 신수로 59-1(04087)

대표전화 02) 702-1800 | 팩시밀리 02) 702-0084

이메일 mail@msp21.co.kr | www.msp21.co.kr

출판등록 제21-108호(1979.5.16)

값 11,200원

ISBN 978-89-7075-344-7   03860
본문 판화 김두래

표지 디자인 한도결

Effroyables Jardins

by

Michel Quint

제1차 세계대전 참전용사였으며 광부였던 할아버지와
레지스탕스 요원이었으며 초등학교 교사였던
아버지에게 이 책을 바칩니다.
두 분은 나에게 공포에 대한 기억의 문을 활짝 열어주셨습니다.
또한 두 분은 역사의 흑백논리는 어리석은 짓이라며
나에게 독일어를 배우도록 하셨습니다.
그리고 베르나르 비키에게도 이 책을 바치고자 합니다.

우리의 처절한 정원에서
석류는 얼마나 애처로운가

── 아뽈리네르 시집 『칼리그람』 중에서

Effroyables Jardins

처절한 정원

어릿광대 삐에로가 모리스 파퐁*의 재판이 열리고 있는 보르도 법정으로 들어가려고 하자 경찰이 그를 막았다고 많은 사람들이 증언했다. 어릿광대는 엉터리 화장에 너덜너덜하게 해진 광대옷을 입고 있었다.

　끝내 법정으로 들어가지 못한 어릿광대는 모리스 파퐁이 법정에서 나오는 것을 기다렸다가 아무 말 없이 멀리서 그를 바라보았다.

　보르도 경찰의 치안 부국장이었던 모리스 파퐁도 아마 어릿광대를 보았을 것이다. 하지만 보았는지 확실하지는 않다.

　그 다음날부터 어릿광대는 삐에로 분장을 벗고 매일 법정에 나와 재판과 변론이 이루어지는 과정을 지켜보았다. 그는 법정에 앉아 낡아빠진 여행용 가죽가방을 무릎 위에 올려놓고 손으로 어루만지고 있었다.

모리스 파퐁에게 판결이 내려지자 법정의 서기는 어릿광대가 다음과 같이 말하는 것을 들었다.

이 세상에 진실이 존재하지 않는다면 어떻게 희망을 가질 수 있겠는가?

＊역자주 : 모리스 파퐁은 나치 독일의 꼭두각시 정권이었던 프랑스 비시 정권하에서 보르도 지역의 치안 부책임자였다. 그는 1942년에서부터 1944년까지 1,590명의 유대인을 체포하여 죽음의 아우슈비츠 수용소로 보냈다.

또한 과거에 대한 기억을 잊어버린다면 어떻게 미래에 대한 희망을 가질 수 있겠는가?

　비시 정부(제2차 세계대전 때 프랑스가 나치 독일에 점령당한 후 페탱을 수반으로 한 프랑스의 친독정부)의 법령 : 공무원 자격에 관한 1940년 7월 17일 법령, 유대인 자격에 관한 1940년 9월 3일 법령, 재외 유대인에 관한 1940년 9월 4일 법령, 해외 거주 프랑스인 국적 박탈에 관한 1940년 7월 23일 법령, 페탱의 모든 법령은 항상 "나, 프랑스 총사령관은……"으로 시작되었다. 그 중에서도 유대인들에게 희극배우 직업을 금지한 1942년 6월 6일 법령이 가장 충격적이었다.

　물론 나는 유대인도 아니고 희극배우도 아니다. 내가 식탁 밑을 걸어다닐 수 있을 정도로 작았던 어린 시절부터, 어릿광대가 하는 일이 무엇인지 깨닫기도 전부터, 어릿광대를 보면 울적해졌다. 이상하게도 나는 어릿광대를 보면 울고 싶어졌다. 어릿광대를 보면 가슴이 찢어지는 듯한 절망감과 쓰라린 고통과 수치심을 느꼈다.

나는 이 세상에서 누구보다도 어릿광대 삐에로를 가장 증오했다. 어렸을 때 겪어야 하는 온갖 고통스런 경험보다도 더 어릿광대를 증오했다. 예를 들어 소고기국에 떠 있는 마늘을 먹어야 하는 것보다도 더, 수염난 할아버지가 뽀뽀할 때보다도 더, 골치 아픈 셈을 해야 할 때보다도 더 어릿광대 삐에로를 싫어했다.

어렸을 적 내가 얼굴을 하얗게 분칠하고 눈은 시커멓고 커다랗게 분장한 괴상망측한 사람이 줄을 타며 곡예하는 것을 보았을 때 느꼈던 감정을 가장 정확하게 표현해 본다면 숫총각이 진한 화장을 한 창녀와 마주쳤을 때 느끼는 순진한 공포감 같은 것이라고 할 수 있다. 혹은 순결한 처녀가 꽃이 만발한 정원에서 예기치 않게 발기한 난쟁이 조각상과 부딪쳤을 때 진땀이 나는 것과 같은 것이라고나 할까.

나는 서커스에 끌려갈 때마다, 두려움으로 얼굴이 빨개지고, 말을 더듬으며 바지에 오줌을 싸고, 귀머거리가 되어버리곤 했다. 나는 미쳐버릴 지경이었다. 정말이지 죽을 지경이었다.

우리 반 친구들이나 프랑소와즈 누나같이 보통의 정상적인 교육을 받은 아이들이라면 어릿광대의 우스꽝스러운 얼굴과 빨간 머리만 생각해도, 서커스에서 보내는 아침나절을 생각하기만 해도, 즐거워서 모두가 입술 양쪽 끝을 치켜올리며 배꼽에서부터 서서히 올라오는 웃음을 참지 못하고 입을 한껏 벌리며 신나게 웃을 것이다. 그렇지만 나는 마음이 경직되어 저녁밥도 제대로 삼키지 못하고, 잘 알고 있던 프랑스어 문법규칙조차 다 잊어버리고 마는 것이었다.

사람들이 많이 읽는 정신분석학 책자가 나 자신을 이해하는 데에 도움이 되었다. 나는 정신분석학 책을 통해 오래 전부터 나의 신경질적 발작의 원인이 무엇이었는지 알게 되었다.

내 발작의 원인은 바로 초등학교 교사였던 아버지였

다. 아버지는 기회만 있으면 언제든지 아마추어 어릿 광대로 분장하고 어디로든 달려나갔다.

아버지는 커다란 신발을 신고, 알록달록한 낡은 옷을 입고, 그 위에 부엌의 자질구레한 도구들을 매달았다. 물론 붉은 코를 다는 것도 잊지 않았다. 게다가 아버지는 어머니가 쓰다 버린 레이스로 옷을 장식했다. 아버지는 괴상망측한 차림에, 머리엔 법랑껍질이 벗겨진 차 여과기를 쓰고, 분홍색 코르셋을 갑옷처럼 입고, 최신형 호두까기를 손에 꽉 쥔 모습으로 무대에 나타났다.

무대에서 아버지는 혼자서 따귀 때리고 혼자서 엉덩이를 걷어차이는 시늉을 하며 눈물이 나도록 고독한 원맨쇼를 했다. 그는 우주의 은하계와 지구의 어리석은 인류를 구하러 온 얼빠진 전사나 흰 칼을 찬 사무라이 같았다.

무대에 선 그는 부엌에서 설거지하며 수다떠는 허풍쟁이 여자와 같았으며, 삼류 탐정과도 같았다. 그는 혀 짧은 발음으로 횡설수설했는데, 아무도 그의 말을 정

확히 알아들을 수 없었다. 하지만 그의 연기에는 감동적인 무엇인가가 있었다. 그의 연기가 서툴렀기 때문일까? 아니면 그가 기관총 대용으로 사용하는 강판에 손가락을 직접 갖다 댔기 때문일까? 그것도 아니면 그가 끔찍한 음치였기 때문일까? 아니다. 그가 관중에게 감동을 줄 수 있었던 것은 그가 사랑에 굶주렸기 때문일 것이다. 사랑에 굶주려서…… 곰곰이 생각해보면 아버지는 채플린 흉내를 냈던 것 같다. 그도 채플린처럼 죽도록 사랑에 굶주린 어릿광대였다.

사랑에 굶주린 삐에로는 더욱더 나를 부끄럽게 만들었다. 어머니 역시 부끄러워했다. 어머니가 아무리 숨기려 했어도 아버지가 곤두박질치고, 재주넘고, 관중석에서 불려나온 여자에게 마술을 부려 만든 종이꽃을 바치는 모습을 보며 창피해한다는 사실을 숨길 수는 없었다. 그렇지만 어쩔 도리가 있겠는가!

아버지는 부르기만 하면 어디든지, 기업 친선모임이든, 생일잔치든, 크리스마스 파티든, 망년회 모임이든 달려갔다. 아버지는 초등학교의 레크리에이션 시간에

까지 가서 아이들의 마음이 즐거움으로 꽉 찰 때까지 연기를 했다.

아버지의 연기가 끝날 즈음이 되면 사람들은 모두 행복감으로 마음이 꽉 차는 것처럼 보였다. 이런 종류의 공연에서는 관객과 배우와의 공감대가 쉽게 형성된다. 선량한 어릿광대는 조명이 환히 비추는 무대에서 땀을 뻘뻘 흘리며 혼신을 다해서 연기에 몰두했고, 연기가 끝날 때면 자신이 맡은 역할을 다 해냈다는 생각에 흡족해하였다.

아버지는 사람들이 눈물을 머금고 박수갈채를 보내는 것을 보며 자신의 의무를 다했다는 만족감에 도취된 듯 인사를 하곤 했다. 그러나 그럴 때마다 나는 그가 나의 아버지라는 사실이 수치스러웠다. 만약 누구든지, 어떤 고아라도 원하기만 한다면 당장 아버지를 주어버리고 싶은 심정이었다. 그리고 나는 아버지와 한 침대에서 자고, 다정스러운 말을 건네며 이마에 흐르는 땀을 닦아주는 어머니도 미워했다.

아버지는 어릿광대 노릇을 한 대가를 받지 않았다.

아버지는 우리 가족끼리 보낼 수 있는 화창한 토요일과 일요일을 망치면서도, 그에 대한 대가를 한 푼도 요구한 적이 없었다. 사람들이 집으로 전화해서 아버지에게 와달라고 부탁하면, 그는 주저하지 않고 가야 할 장소와 시간을 물었다. 전화를 끊은 후 아버지는 어머니에게 가겠다는 약속을 했다고 말한 후, 지하실로 내려가 벽장에서 여행가방을 꺼내 자신의 소도구들을 점검하였다. 자동차 기름값, 전차표 값 등은 모두 아버지의 호주머니에서 나와야만 했다.

아버지가 어릿광대로 무대에 서려고 집을 나서는 과정은 언제나 똑같아 거의 전통이 되다시피 했다. 아버지는 집을 나서기 전에 우리의 의견을 눈빛으로 물었다. 아버지는 집을 나서지 못한 채 망설였다. 자신의 행복을 위해서 우리를 희생시키는 것이 괴로운 척했다. 그리고 그는 여행가방을 땅에 내려놓고, "아니야, 아니야!" 하며 우리를 버리고 가는 것은 너무나 가혹한 일이기 때문에 가지 않겠다고 말했다.

아버지가 야단법석을 떨면 할 수 없이 우리도 그가

벌이는 연극에 참여할 수밖에 없었다. 우리도 무대에 올라가, 너무나 사랑하기 때문에 가슴이 찢어지도록 괴로운 척해야 했다.

어머니가 맨 먼저 아버지에게 항복하고, 이어서 프랑소와즈 누나와 나도 덤으로 같이 항복하고 만다. 그러면 우리 가족 모두는 보란 듯이 아버지와 함께 집을 나서야만 했다. 어머니는 항복하는 정도로 그치지 않았다. 어머니는 마치 조국을 자랑스럽게 여기는 애국

자처럼, 어릿광대의 아내임을 자랑스럽게 여기는 듯 행동했다.

우리가 아버지를 위해 우리를 희생하는 것이 아니라, 도리어 아버지의 자식임을 자랑스럽게 여기며 그와 함께 가는 것으로 결론이 나곤 했다.

그렇지만 사실 나의 희생은 너무도 컸다. 억지로 가야 하는 것이 너무도 싫었다. 그래서 아버지가 무대에서 어릿광대 노릇을 하는 동안 나는 어릿광대 가족과는 무관한 사람인 척하며 식구들을 배반했다. 나는 꾀를 써서 식구들에게 아무 말도 걸지 않았다.

나는 풀이 죽어, 쾨쾨한 냄새가 나는 관람석 의자에 앉아, 가끔 우리에게 갖다 준 사이다를 마시며 상처 입은 마음을 어루만지곤 했다. 사이다를 날라다 주는 사람들은 우리를 가난뱅이 취급했다.

그렇지만 우리는 가난뱅이가 아니었다.

아버지는 초등학교 선생님이었다. 명예를 소중하게 여겨야 하는 선생님이 한심스럽게도 희극배우로서의 소명을 이루려고 했던 것이다. 바로 그런 이유로 아버지는 가장 인기 있는 선생님이었다. 아버지는 학생들이 가장 좋아하는 선생님이었다.

　아버지는 세상에서 가장 슬픈 어릿광대였다. 적어도 내 기억으로는 그렇다. 내가 기억하는 한 아버지는 일부러 스스로를 학대함으로써 자신이 저지른 밝힐 수 없는 죄를 용서받으려고 하는 것 같은 인상을 풍겼다.
　언젠가 나는 그가 책상서랍에 넣어둔 교리문답을 읽은 적이 있다. 그때 나는 아버지가 예수 그리스도와 같은 운명을 살고 싶은 욕망에 사로잡혀 있는 것이 아닌가 하는 생각이 들었다. 아버지는 희생과 고통을 혼자 견뎌냄으로써, 인류가 안고 있는 부끄럽고도 어두운 부분으로부터 인류를 구원할 수 있다는 환상에 사로잡혀 있는 것이 아닐까 하는 생각 말이다.
　아버지는 우스꽝스런 분장을 하고, 시간을 낭비하며, 청렴한 공직자로서의 명예를 잃어가면서까지 삼류 예술가로 살았다. 더군다나 아버지 자신도 본인이 삼류 예술가라는 사실을 잘 알고 있었다.

그래도 그는 보잘것없는 사람들에게 웃음을 선사하면서 사는 것이 너무나 행복해서 가슴이 터질 지경인 것처럼 보였다. 그는 낚시질하는 낚시꾼처럼, 혹은 사냥꾼처럼, 페탕크(역자주 : 쇠로 된 공을 교대로 굴리면서 표적을 맞히는 프랑스 남부지방의 놀이) 놀이를 하는 사람들처럼 어리석지만 감격스러운 행복감으로 충만한 채 어릿광대 인생을 살았다.

50년대와 60년대초에 우리 가족은 다이나 파나르를 타고 다녔다. 우리가 타고 다니던 다이나 파나르는 콧방울이 둥그런 커다란 두꺼비 모양에, 카나리아처럼

노란 색깔의 자동차였다. 차의 시트는 얼룩말 무늬 인
조가죽으로 되어 있었다. 거기다가 모터는 마치 냄비
부딪치는 것 같은 요란한 소리를 냈다. 정말이지 어릿
광대에게 딱 어울리는 자동차였다.

　아버지는 자신의 탁월한 선택을 자랑스럽게 여겼다.
그렇지만 그런 차를 타고 다니는 사람은 아버지뿐이었
다. 다른 아버지들은 시트로엥 디에스, 푸조, 포드 같
은 자동차를 타고 다녔다. 심카를 타고 다니는 아버지
들도 있었다. 만약 나의 아버지가 고래같이 생긴 심카
자동차를 타고 다녔더라면 난 어릿광대 아버지를 관대
하게 용서할 수도 있었으리라. 그런데 파나르를 타고
다니다니! 정말이지 용서할 수 없었다.

우리 가족은 모두 붉은 빛이 도는 금발머리, 나팔같이 생긴 주먹코에 동그란 안경을 끼고 있었다. 아버지가 어릿광대 노릇을 하러 갈 때 우리를 데리고 가는 이유는 못생긴 우리가 못생긴 자동차와 너무도 잘 맞았기 때문이라고 생각했다.

나는 아버지가 주재하는 최고의 파티에서 갑자기 우리들을 난장판 무대로 끌어내는 것은 아닐까 하고 늘 두려웠다. 또한 '불행한 가장이 식구들의 수치스러운 행동들을 낱낱이 드러내는 피란델로의 연극처럼 하면 어떻게 하나' 하고 생각하며 떨기도 했다.

그렇다. 나는 무서웠다. 아버지가 의료보험조합 직원들의 아이들이나 가스공사 직원들의 자녀들이 보는 앞에서 우리 식구들을 웃음거리로 만들지나 않을까 하고 두려워했다. 그들은 우리들의 불행이나 부끄러운 행동에 대해 짓궂은 질문을 할 것이고, 우리가 어찌할 바를 몰라하며 당황하는 모습을 보면서 낄낄거리며 웃어댈 것이다.

내가 정상적인 아버지를 가진 그들을 부러워할 이유

는 너무도 많았다. 무관심한 의붓아버지라도, 행실이 좋지 못한 과부 엄마의 게으른 애인이라도 우스꽝스런 얼굴을 한 어릿광대 아버지보다는 나았으리라.

최악의 사태는 내가 6학년이 되었을 때 하필이면 아버지가 담임을 맡으면서 벌어졌다. 끔찍하게도 아버지는 회색 와이셔츠 위에 알록달록한 어릿광대 옷을 입고, 그 위에 코르셋을 껴입고, 온갖 장식을 주렁주렁 매달고 교실에 나타났다. 다행스럽게도 어릿광대 분장을 하거나 빨간 가발을 쓰고 오지는 않았다. 어릿광대의 신발도 신고 오지 않았다. 아버지는 나에게 염치가 없어서 그렇게까지는 하지 못한 것 같았다. 만일 그런 모습으로 교실에 나타났더라면 나는 아버지가 다이나 파

나르를 타고 차고에서 나올 때 그 밑으로 뛰어들었을 것이다.

아버지가 어릿광대로 교실에 나타난 이 사건은 지옥의 묵시록이 시작되는 것처럼 느껴졌다. 그런데 급작스런 어릿광대의 출현에 대경실색한 사람은 반에서 나 혼자뿐이었다. 아버지를 거쳐간 학생들은 모두 그가 어릿광대 차림으로 교실에 등장한다는 사실을 잘 알고 있었다. 매년 주현절이 지나고 사육제가 시작되는 즈음이 되면 아버지는 그런 엉뚱한 짓을 저질렀던 것이다. 사람들은 왜 그가 괴상한 짓을 하는지 이유를 몰랐다. 그들은 아버지를 그냥 엉뚱한 사람쯤으로 여기고 있었다.

사람들은 아버지를 유쾌한 괴짜 정도로 취급했다. 사람들이 아버지에 대해 말하는 것을 얼마나 많이 들었던가! "대단해! 앙드레는 정말 엉뚱해!" 그러다가 그 대단한 앙드레의 아들이 듣고 있다는 사실을 깨닫고는 곧 입을 다물어 버렸다.

대단하다니! 도대체 뭐가 대단하다는 말인가! 사람

들은 이 말을 들으며 내가 어떤 생각을 하는지도 모른
채 이렇게 말을 하곤 했다. 사람들은 다만 아버지를 특
이한 사람 정도로 알고 있었으며, 어느 날 신의 손길이
아버지를 성스러운 사람으로 만들었다는 사실을 짐작
하는 사람은 아무도 없었다.

이제 나는 아버지가 정말 보통 분이 아니라는 사실을 잘 알고 있다. 우연히 그의 부드러운 눈길과 마주쳤던 사람이라면 그 사실을 단번에 알아차릴 수 있었을 것이다. 아버지는 훈장을 받아야 할만큼 훌륭한 분이었다. 아버지는 평생 동안 자신이 생각하기에 가장 품위 있는 방법으로 인류가 진 빚을 갚으며 살았기 때문이다. 30년 동안 아버지는 모자를 벗어 들고 가장 겸손하게 인사를 하며 살았다.

초등학교를 졸업했을 즈음에 나는 인류가 저지른 죄를 용서받으려고 아버지가 무대에 선다는 사실을 어렴풋이 느꼈다. 누군가 아버지에게 어릿광대 자질을 타고났다고 말했다면 그 자신도 어리둥절하였을 것이다. 그는 자신이 형편없는 어릿광대라는 것을 잘 알고 있었다. 그렇지만 아버지는 자신이 삼류 어릿광대라는

사실을 부끄러워하지 않았으며, 오히려 자신의 연기가
형편없다는 사실을 재미있게 여겼다.

아버지는 불굴의 의지와 내적인 의무감으로 평생을
살아 온 분이었다. 나는 그 사실을 나중에야 분명하게
알게 되었다. 아버지가 나에게 말해줘야 할 때가 되었
다고 생각했을 때 말이다.

아버지가 어릿광대로 살아야만 했던 이유를 나에게
이야기해 준 사람은 아버지가 아니었다. 나에게 말해
야 하는 임무를, 아니 고역을 맡은 사람은 아버지의 사
촌동생인 가스똥 삼촌이었다.

어머니 말에 따르면, 가스똥 삼촌은 할 줄 아는 일이
아무것도 없는 사람이었다. 그는 톱니같이 끝이 뻐죽
뻐죽한 금발머리에 말라 비틀어진 제임스 캐니 같은
모습을 하고 있었다. 니꼴 숙모는 통통한 몸매에 아무
때나 잘 웃는 여자였다.

삼촌 부부는 찢어지게 가난했지만 그것 때문에 다른

사람들을 괴롭힌 적은 없었다. 매주 일요일마다 우리 집에 와서 밥을 먹었다. 식사가 거의 끝나갈 때쯤이면 그들은 보르도 포도주를 마시며 식탁보에 두 손을 포개어 마주 잡고 계속해서 수다를 떨었다.

니꼴 숙모가 긴 한숨을 쉬다가 어색한 웃음을 지었다. 그러면 가스똥 삼촌은 안경을 닦았다. 그러다 그들은 부끄러운 줄도 모르고 껴안으며 서로에 대한 애정을 확인했다. 그들은 서로의 목덜미에 열정적인 키스를 퍼부었다. 그렇다고 해서 그들이 상스럽거나 변태적인 사람들이라는 생각은 들지 않았다. 다만 그들은 세련되지 못한 소박한 사람들이었다.

삼촌 부부에게는 아이가 없었다. 그 이후에도 그들은 아이를 갖지 않았다. 영원히 신혼부부처럼 사는 그들을 사람들은 부러워했지만, 그러한 삶이 그들에게는 힘겨웠던 것 같다.

그들이 힘겨워하는 모습을 보면 어머니는 고개를 가로저었고 아버지는 다른 곳을 보는 척했다. 그러면 멍청한 프랑소와즈 누나가 울적하고 슬픈 분위기를 맨 먼저 조성하였다. 누나는 슬픈 눈망울을 한 소와 같은 표정을 지었는데, 그러면 누나는 나이보다 훨씬 늙어 보였다. 누나는 할 수만 있다면 속죄의 시라도 낭송할 태세였다. 누나는 속눈썹 화장이 지워지지 않도록 품위를 지키며 눈물을 흘릴 줄 알았다.

울적한 그들을 보면 난 울화가 치밀었다. 나처럼 장래가 약속된 우수한 학생이, 저녁 식사가 끝날 즈음에 그들이 벌이는 우스꽝스러운 감동의 물결에 휩쓸려 그 자리에 붙박혀 있다는 생각을 하면 정말 울화가 치밀었다. 나이가 들수록 나에게는 그들의 행태가 못난 사람들이 위로받으려고 벌이는 유치한 행동들로밖에 보이지 않았다.

나는 그들의 밝히기 곤란한 구차스러운 고통이 실제로는 아무것도 아닌데 가까운 사람들 사이에서는 굉장한 것으로 과대 포장된 것이라고 생각했다. 도리어 그들이 그 고통을 이용하여 자학적인 쾌락을 즐긴다는 생각을 떨칠 수가 없었다.

가스똥 삼촌은 아들을 갖기를 간절히 원했지만 가질

수 없었다. 그래서 그는 나를 아들처럼 생각하고 나에게 적극적으로 접근해 왔다.

일요일마다 삼촌은 나에게 미니축구를 하러 가자고 했지만 나는 매번 매정하게 거절했다. 니꼴 숙모는 아코디언 음악에 맞추어 추는 왈츠를 가르쳐 주고 싶어 했다. 그녀의 허리에 손을 얹고 그녀의 가슴에 머리를 기대고 춤을 추다니! 그건 정말이지 상상할 수도 없이 끔찍한 일이었다.

이제 와서 생각하니 나는 아버지가 하는 속죄의 의미에 대해 몰랐던 것과 마찬가지로 소박하기만 한 가스똥 삼촌 부부의 진정한 모습을 보지 못했던 것이다. 나중에야 그들이 얼마나 훌륭한 사람들인지 알게 되었다. 그리고 그들이 살아남으려고 얼마나 힘들게 노력했는지도 이해할 수 있었다. 그들을 멸시했던 나는 따귀를 맞아도 할 말이 없다.

나는 가스똥 삼촌의 옷소매에 달린 술장식을 경멸하였고, 뒤축이 찌그러진 실내화를 식탁 밑에서 벗어야만 할 정도로 퉁퉁 부은 니꼴 숙모의 발을 멸시하는 눈으로 바라보았다. 이제 와서 돌이켜보니 나의 행동은 정말 욕을 먹어도 싼 일이었다.

지금 생각해 보면 니꼴 숙모는 꽤 미인이었던 것 같다. 그 당시 나는 숙모가 미인이라는 것을 깨달을 만한 나이가 아니었다. 그렇지만 아버지는 숙모가 미인이라는 사실을 잘 알고 있었음이 분명하다. 어머니도 아버지가 숙모에게 느끼는 감정을 모르지는 않았다고 생각한다. 바로 그 고백할 수 없는 사랑 때문에 아버지는 사랑에 굶주린 어릿광대의 역할을 했을까?

그렇지만 이제는 다 지난 일이다. 희미한 기억만 남아 있을 뿐……

물론 지금은 가스똥 삼촌도 니꼴 숙모도 이 세상에
없다. 삼촌은 아침에, 숙모는 한밤에 돌아가셨다. 그들
의 죽음을 슬퍼하며 눈물을 흘리거나 가슴 아파하는
사람은 아무도 없었다. 그들이 죽었을 때는 나의 부모
님 역시 이 세상 분들이 아니었다. 그리고 나와 누나는
멀리 있어서 미처 연락이 닿지 않았다.

이제 그들이 살아 있었다는 흔적은 몇 장 남아 있지
않은 가족사진에서나 찾을 수 있다. 그러나 사진 속에
있는 군인 머리를 한 안경 낀 꺽다리와 그를 껴안고 있
는 통통한 여자가 누구인지 아무도 모르게 될 때에는
그 사진들마저 쓰레기통에 버려질 것이 분명하다.

내 기억으로 그들의 스냅사진이 내게도 있었던 것
같다. 그러나 서랍을 뒤져봤지만 찾을 수 없었다. 노르
망디에서 독일어 교수로 있는 누나에게 부탁해야만 할
것 같다. 누나는 돌아가신 부모님과 가스똥 삼촌 부부
의 유물을 아직도 간직하고 있다. 누나는 마른 꽃잎과
쓰고 남은 노끈까지도 버리지 않고 간직하는 감상적인
사람이다. 누나는 상상력이 풍부한 엠마 보바리와 같

은 여자라서 자신이 겪지 않은 일에도 감동하곤 했다. 누나를 찾아갔어야 했을까? 아니다. 그것은 누나에게 나 나에게나 고통스러운 일이다. 그리고 이제는 아무 소용도 없는 일이다.

더군다나 나는 누나처럼 품위를 지키면서 우는 방법을 알지 못한다. 나는 울 때면 눈이 퉁퉁 붓고 눈물과 콧물을 주체할 수 없이 흘린다. 아름답게 눈물을 흘림으로써 눈물의 의미를 고귀하게 만들지 못하는 한, 누나를 만나러 갈 수 없다.

나는 가스똥 삼촌과 니꼴 숙모를 기억에 남아 있는 모습 그대로, 그렇지만 생각하면 할수록 놀라운 그들의 모습 그대로 간직하기로 했다. 나의 기억 속에 그들은 아직도 생생하게 살아 있다.

왜냐하면…… 아버지가 어릿광대로 살아야 하는 저주를 받게 된 이유를 나에게 가르쳐준 사람이 바로 가스똥 삼촌이었기 때문이다. 내가 어른들만 알고 있는 비밀의 세계로 입문하게 된 곳은 바로 「다리」라는 영화를 상영하고 있던 극장의 바였다. 영화관 이름은 〈전차〉 혹은 〈지하철〉, 뭐 그런 이름이었다. 교통수단 이름이 붙은 영화관이라면 분명히 화려한 대도시와는 거리가 먼 공단지역 뒷골목에 있는 영화관이었을 게 분명하다. 그 당시는 눈깔사탕이라도 주면 아이들이 울다가도 그치던 시대였다.

어느 일요일 오후였다. 우리 여섯 사람은 다이나를 타고 갔다. 앞좌석에는 아버지와 엄마 사이에 니꼴 숙모가 앉고, 뒷좌석에는 프랑소와즈 누나와 나 사이에 가스똥 삼촌이 편안하게 앉았다.

우리 모두는 있는 대로 멋을 부리고 나섰다. 머릿기름을 바르고 향수까지 뿌리고 쫙 빼입었다. 그런데 이상하게도 어른들의 표정에는 비장함 같은 것이 깃들어 있었다. 가스똥 삼촌까지도 비장한 각오를 한 듯하였다. 나는 무슨 일인지는 모르지만 엄청난 일이 벌어질 것이라는 사실을 직감적으로 느꼈다. 그것은 누나도 마찬가지였던 것 같다.

나는 영화를 보면서 그 속에서 무엇인가를 짐작할 수 있으리라고 생각하고 열심히 보았지만 허사였다. 영화가 시작될 때의 자막을 읽었지만 영화에 나오는 유일한 여자배우 코르딜라 트란토우만 아는 배우일 뿐 나머지는 모두 독일 이름들이었다. 그런데 그때 가스똥 삼촌과 니꼴 숙모, 그리고 아버지는 감격하는 눈치였다. 그들은 서로 팔꿈치를 치면서 몸을 들썩였다. 그리고 영화가 시작되자 잠잠해졌다.

마지막에 "끝"이라는 자막과 함께 영화관이 밝아졌다. 사람들은 한동안 밝은 빛에 적응하지 못하고 눈을 깜박거렸다.

그러다 일어나 영화에서 받은 감동에 취한 상태로 앞사람을 따라 출구를 향하여 비탈진 복도를 천천히 걸었다. 그들은 좋은 영화였다고 속삭였다.

영화는 아이들과 길을 잃은 독일 군대에 관한 이야기였다. 동정심 많은 하사관은 아이들에게 전술적으로 중요하지 않은 다리를 지키는 일을 시킨다. 아이들은 너무도 어리석고 순수하여 자신들도 어른들처럼 잘 할 수 있다고 생각하였지만 결국엔 모두 죽고 만다.

영화는 슬픈 내용이었지만 전쟁에서 승리를 거둔 프랑스 사람들인 우리 가족과는 아무 상관이 없는 이야기였다. 어쨌든 영화는 감동적이었다. 프랑소와즈 누나는 감동으로 눈물을 흘려 두 눈이 촉촉하게 젖어 있었다.

비탈진 복도를 빠져나오자 작은 홀이었다. 영화관 밖으로 나가려면 영화관에 있는 바를 지나가야 했다. 한편 엄마와 숙모 그리고 누나는 길 건너편 천막에서 파는 튀김을 사먹으러 영화관 밖으로 나갔다. 그때 아버지와 가스똥 삼촌은 의미심장한 시선을 교환하더니 나를 바의 생맥주 통에서 가까운 곳에 멈춰 세웠다. 삼촌과 나는 두 개의 둥그런 의자에 앉았다. 나는 레모네이드를 주문했고, 삼촌은 생맥주를 주문했다.

삼촌은 숨을 깊이 들이마셨다. 삼촌의 행동을 보며 무언가 중대한 말을 하려고 한다는 것을 느꼈다. 그는 나에게 말을 하려고 별러왔던 것 같았다. 그는 이제 때가 됐다고 생각하는 것 같았다. 물론 가스똥 삼촌 혼자의 생각은 아니었다. 그 뒤에는 아버지가 있었다.

아버지는 카운터 뒤쪽에 털썩 주저앉아 담배를 피웠다. 카운터에서 한 여급이 계산서를 찢고 있었다. 가스똥 삼촌이 나에게 이야기하는 동안 아버지는 테이블에 있는 생맥주를 건드리지도 않았고, 계산서를 찢고 있는 여급을 쳐다보지도 않았다. 그저 자신의 내면 속에 침잠해 있었다. 그의 표정은 매우 평온해 보였다.

한편 가스똥 삼촌의 이야기는 강물이 흐르듯 매끄럽게 흘러갔다. 그의 이야기에는 원한이나 미움이 남아 있는 것 같지 않았다. 그렇다고 뽐내는 것 같지도 않았다. 그는 눈을 내리깔고 소박하고 솔직하게 이야기할 뿐이었다.

가스똥 삼촌은 사투리가 심했으나 나는 삼촌의 말을 잘 알아들었다. 그렇지만 흠집이 많이 난 호마이카 테이블을 사이에 두고 나에게 아버지가 왜 어릿광대로 살 수밖에 없었는지를 설명할 때 그는 되도록 사투리를 쓰지 않으려고 애썼다.

삼촌이 그때 무슨 단어를 썼는지, 그리고 얼마나 앞

뒤가 맞지 않는 어법을 사용했는지는 이제 거의 다 잊어버렸다. 그렇지만 내가 기억하는 것만큼 삼촌이 말한 그대로 여기에 옮겨 보겠다.

아직도 삼촌이 말하는 모습과 문장들이 생생하게 보이고 들리는 듯하다. 삼촌의 이야기는 자신이 겪었던 잔인한 순간들의 그림자에 불과한 이야기가 아니었다. 그는 자신의 삶 전체의 문을 나에게 열어준 것이다. 삼촌은 내면 깊숙하게 간직하고 있던 전부를, 잔인한 발자국들로 짓밟혀 피범벅이 된 처절한 정원을 나에게 내어 주었다. 삼촌이 전해준 그 생생한 이야기를 그대로 전할 수 있을까?

그러니까 1942년 말, 43년 초쯤이었을 거야. 나와 네 아버지는 레지스탕스 세포조직에 가담했지. 그런데 우리 동네에 있는 변압기들을 모두 폭파시키라는 명령이 떨어졌지 뭐냐. 제일 먼저 두에 역에 있는 변압기를 폭파시키라는 거야.

그런데 아직까지도 왜 그 변압기를 폭파시켰어야 했는지 그 이유는 모르겠다.

이렇게 삼촌은 자신의 아름답고 성스러운 삶에 대한 이야기를 시작했다. 삼촌은 이야기하다가 가끔 향수에 잠긴 채 카운터 뒤 벽에 붙어 있는 낡은 포스터로 눈을 돌렸다.

포스터에는 가슴을 드러낸 여배우들과 멋진 카우보

이 모습을 한 배우들이 있었다. 버트 랭커스터, 버지니아 메이오, 엘리자베스 테일러, 몬티 클리프트와 같이, 보기만 해도 침을 흘리게 만드는 대스타, 영화 속의 영웅들이었다. 나처럼 조숙한 내 친구들도 사족을 못 쓸 정도로 이 배우들에게 심취해 있었다.

그런데 그 날은 가스똥 삼촌과 니꼴 숙모 그리고 아버지에 비하면 그들은 정말이지 너무도 초라했다. 그 스타들은 단지 김빠진 환상에 불과했다.

밖에는 햇볕이 내리쬐고 있었다. 그때 삼촌은 우리 프랑스 역사에서 가장 어두운 시기에 일어난 일을 이야기했다. 가스똥 삼촌은 본격적으로 자신의 이야기를 시작했다.

겨울이 끝나는 무렵이었을 거야. 딱 요즘 같은 날씨였어. 맨날 날씨는 을씨년스럽기만 했었지. 비오는 날이 많고, 맑은 날은 거의 없었어. 거기다가 전쟁이 터져 사람들이 죽어나가고, 배급제인가 뭔가 그런 것 때문에 먹고 사는 게 점점 힘들어지고…… 이런 날들이 하루아침에 끝나리라고는 아무도 기대하지 않았단다. 그렇다고 맨날 슬픈 생각만 하고 살 수는 없는 거잖니. 그래서 모두들 너무 어깨를 축 늘어뜨리지 않으려고 애쓰며 살았단다. 우리도 마찬가지였어. 이미 말했다시피 다른 사람들은 어쨌는지 모르지만 나와 네 아버지는 장난 비슷하게 레지스탕스에 들어갔어. 처음에는 마치 무도회에 춤추러 가는 기분이었지.

그렇지만 나와 네 아버지는 누구나 아는 왈츠곡이나 행진곡에 맞춰 춤추고 싶지는 않았어. 그래서 우리가 춤출 곡을 만들기로 했었던 거야. 그게 바로 두에 역의 변압기를 폭파시키는 일이었어.

나와 네 아버지는 마법의 손가락으로 가볍게 피아노 건반을 두드리듯 그 일을 간단하고 신속하게 처리했어. 날이 저물자 우리는 아무런 사전 준비작업 없이 그저 전기공 차림을 하고 폭발물이 든 가방을 들고 곧장 두에 역으로 갔어.

　지금 생각하면 너무나 어리석고 겁이 없었던 것 같
아. 그러나 그때에는 그렇게만 하면 되는 것으로 생각
했지. 그 이상은 아무 생각이 없었어.

　"꽝!"

　들판에 난 오솔길을 따라 집으로 돌아가고 있는데
뒤에서 폭발소리가 들려왔어. 불꽃놀이처럼 폭음과 함
께 불길이 솟아올랐지.

　"이제 됐어, 성공이야!"

　우리는 집으로 돌아와 편안하게 잠들었지. 돌아오는
길에 감기조차 안 걸렸지 뭐냐!

　처음 반나절 동안 우리는 털끝 하나도 다치지 않고

깨끗하게 일을 해치웠다고 믿었어. 별로 기대하지도 않은 일이 너무 쉽게 이루어졌을 때 느끼는 그런 기분이었어. 아무 생각도 없이 복권을 샀는데 그게 당첨되었을 때 같은 그런 기분 말이야.

어쨌든 우린 살면서 두 번이나 복권에 당첨된 거나 마찬가지였어. 한 번은 변압기를 폭파시킨 바로 그 날 저녁에 당첨된 거고, 또 한 번은…… 포위되어 지하실에서 꼼짝 못하던 바로 그 날 아침에 당첨된 거야.

지금의 네 외할아버지 댁의 지하실에서였어. 피클 병과 잼 병들이 쌓여 있던 바로 그 지하실에서 우린 붙잡혔지. 독일놈들이 우리를 찾아낸 거야. 지하실에서 수선 떨고 있는 저것들이 아무래도 수상하다고 여겼던 거지. 우리는 갑자기 사라지면 의심을 살까봐 일부러 숨지 않고 있었는데…… 운명의 장난이었지 뭐냐! 그 때 차라리 멀리 도망쳤더라면 붙잡히지 않았을걸.

나는 네 아버지가 그때 사귀고 있던 여자친구의 집, 그러니까 네 외할머니댁 지하실에 야채 선반 다는 일을 도와주고 있었는데, 독일놈 네 명이 갑자기 우르르

좁은 계단으로 내려와 우릴 꼼짝 못하게 포위했단다. 우리가 돌아보았을 때에는 이미 놈들이 우리를 벽에 밀쳐놓고 총대를 들이밀고 있었어.

네 아버지와 내 두 눈이 순간적으로 마주쳤지. 모든 게 너무 삽시간에 벌어졌고, 나는 다리가 후들후들 떨려서 꼼짝할 수 없었어. 목숨을 던질 각오를 하고 마지막 순간까지 목청껏 애국가를 부르는 영웅적인 행동, 그런 것은 영화에나 있는 일이야.

실제로 사태가 벌어지자 눈을 어디에 두어야 할지, 마지막으로 이 세상에 있는 것 중 무엇을 마음에 담고 저 세상으로 가야 할지를 모르겠더구나. 마지막까지 가슴에 남는 누군가의 손과 눈, 입술 같은 것이 있으면 좋겠는데…… 사랑하는 여자의 얼굴이라면 더욱 좋겠지. 그런데 피클 병만 보일 뿐 아무것도 보이지 않지 뭐냐.

놈들이 총을 겨누고 있었을 때, 위에서는 지금의 네 어머니와 외할머니가 비명을 지르고 있었어. 가슴은 두방망이질하는 것 같았지. 네 아버지와 나는 마치 학교를 혼자 나서기 무서워하는 초등학생들처럼 서로 손을 꼭 잡았어. 두 눈은 피클 병에 고정시킨 채 말이야. 그때 심정이 어땠을지 짐작이 가니? 이젠 죽는구나 했어. 끝장인줄 알았었다구.

그때 갑자기 계단으로 내려오는 군화소리가 들리는 거야. 숨이 턱에 닿아 장교 한 명이 계단으로 구르다시피 내려오더니 아흐퉁! 로스! 베트!라고 소리치는 거야. 바로 기적이 일어난 거지. 우리에게 총을 쏘지는 말라는 명령이 아니겠니?

계단을 좀 빨리 올라가라고 우리 엉덩이를 총대로 꾹꾹 찌르거나, 발길질을 하는 것뿐이었어. 그제서야 우리는 엄청난 두려움을 느꼈지. 그 전까지는 아무것도 생각할 경황이 없었거든. '이젠 살았구나' 하는 순간에 죽음에 대한 공포가 엄습해 오더구나!

우리 꼴은 말이 아니었단다. 입술은 터지고 얼굴은 멍들고. ……독일놈들은 그런 우리를 데리고 마을을 한 바퀴 돌았어.

마을 사람들은 덧문 뒤에 숨어서 우리를 지켜보았

지. 마을을 그렇게 한 바퀴 돈 후, 트럭에 올라타라고
하더니 엎드리라고 그러더구나. 그런데 글쎄 독일놈들
이 우리 옆에서 군화를 닦고 있지 않겠냐? 기가 막혀
서…… 그리고 거기서 오흐스코망단퇘르라고 씌어 있
는 것을 보았어. 그게 어딘지 알겠냐? 바로 네가 태어
난 쟝 조레스가야. 공원 담장을 따라 어느 정도 거리를
두고 걸어가다 보면 아직도 선명하게 남아 있는 글자
를 읽을 수 있어. 벽돌이 페인트를 흡수해 버리긴 했지
만, 하얀색 페인트로 '오흐스코망단퇘르'라고 씌어 있

지. 우리는 그 글자를 볼 때마다 그때 일을 다시 떠올린단다. 그 글자가 그때 겪은 일을 잊지 않도록 해주니 괜찮은 일이 아니냐.

아참, 어디까지 이야기했더라? 그후 독일놈들에게 조사받으며 두세 번 따귀를 맞고 온갖 멸시를 다 받았어. 그게 뭐라더라? 뭐라고 그러지? 아! 소인! 맞아, 소인이라고 하더구나! 1941년 8월 14일 법령! 바르베스 지하철 역에서 파비엥이 폭탄 테러를 하자 페탱이 독일놈들의 비위를 맞추려고 파비엥 대신에 인질들을 잡아 사형시키기 위해, 8월 22일에 통과시킨 후 날짜를 소급해서 시행한 법령 말이야!

8월 14일 법령이 어떤 것인지 넌 상상하지도 못할 거다. 파비엥 대신에 파리에 사는 친구들이 붙잡혀 갔지 뭐냐! 변압기를 폭파하는 테러가 일어나서 우리가 대신 잡혔듯이 말이야. 만일 사흘이 지나도 테러범들이 자수하지 않으면 붙잡힌 사람들이 대신 처형되는 거야. 그렇지만 우리가 처형된다면 정말 테러범이 처형되는 거잖니?

얼마나 기막히게 우스운 일이냐? 아마 그런 것을 보고 아이러니컬하다고 하겠지? 바로 우리 자신이 범인이었으므로 다른 사람이 자수하리라고 기대할 수도 없는 거잖니. 독일놈들이 우연히도 이번에는 제대로 잡은 거지. 좌우간에 인질로든 아니면 테러리스트, 무정부주의자로든 우린 총에 맞아 죽도록 되어 있는 운명이었어. 바로 그놈의 8월 14일 법령 덕분에 말이야!

어리석게도 우리가 레지스탕스를 한다고 떠들고 다녔기 때문에 우릴 선택했는지도 몰라. 잘난 체하는 꼴이 보기 싫어서 누군가가 우릴 찔렀는지도 모르고⋯⋯ 독일놈들은 우리를 없애기 전에 더 많은 것을 얻어내려는 것 같았어. 글쎄, 같이 레지스탕스하는 친구들을 밀고하길 원했는지⋯⋯ 그렇지 않으면 우리를 고문함으로써 주민들에게 독일이 얼마나 강한 국가인지 보여주려고 했는지⋯⋯ 그것도 아니면⋯⋯ 아무리 머리를 굴려봐도 짐작이 안 가는 거야. 독일놈들 생각을 아무리 짐작해보려고 해도 도대체 모르겠더구나. 독일놈들이 얼마나 잔인하고 교활한 자식들인지 짐작할 수가 없는 거야. 다만 고문받을 생각만 하면 오금이 저렸어. 특히 독일놈들의 물고문이 정말 무서웠어. 우리가 잘 견뎌낼 수 있을지 자신이 없었지.

그런데 놈들은 우리 같은 것들에겐 물고문에 쓰일 물도 아까웠던 것 같아. 아니면 우리를 너무도 우습게 여겼는지 고문도 안 하더구나. 그저 할 일 없이 정원 한가운데에 두세 시간 세워놓았어. 우리를 꼼짝 못하게 묶어 놓은 채 말이야. 정원에 있던 유리온실은 독일군 장교놈의 사무실로 사용되고 있었지.

우리는 파김치가 되었단다.

프랑스 헌병이 우리를 고자질했다는 것은 나중에야 알게 되었지. 바로 그 녀석들이 독일놈들에게 인질로 잡아들일 사람들의 명단을 넘긴 거였어. 그렇지만 너는 녀석들이 우리에게 복수한 이유가 뭐였는지 정말 짐작도 못할 거다.

날이 저물자 놈들은 우리를 다시 트럭에 올라타게 했어. 트럭은 파헤쳐진 길을 따라 덜컹거리며 한 십여 분 또 가더라. 그러더니 우리를 깊이 파놓은 진흙 구덩이에 처넣었지 뭐냐. 구덩이 안쪽벽은 엄청나게 반들 반들했어. 파 드 칼레 바닷가에 있는 진흙을 퍼다가 벽 돌과 기와를 만들었잖니. 그런데 벽돌과 기와 공장은 독일놈들 부대가 주둔하는 곳으로 용도가 바뀌어 있었던 거야. 그때 네 아버지가 그리스 로마 시대에는 사람들을 구덩이에 처넣어 죽였다고 이야기하더구나.

구덩이 감옥은 가장 간편하고 확실한 감옥이었어. 그곳은 놈들이 우리를 지킬 필요도 없는, 정말 끔찍한 감옥이었단다.

얼마쯤 지나서 이슬비가 내리기 시작했다. 처음에는 빗방울이 가늘었는데 점점 굵어지더구나. 이따금씩 엄청나게 쏟아붓기도 했단다. 구덩이 바닥에는 물이 흥건하게 고였고, 우리는 진창 속에서 비를 쫄딱 맞고 있었지. 그렇지만 구덩이 감옥에서 벗어날 방법은 도저히 없었어.

구두 바닥에 밴 습기 때문에 살껍질이 벗겨지고 물집이 생기고 동상에 걸릴 것 같았어. 그래서 구두 뒤축을 적시지 않으려고 구덩이 벽을 타고 올라가려고 했지만 그만 미끄러져 바닥에 나둥그러지고 말았단다. 그렇지만 상관 없었어.

트럭이 구덩이로 굴러떨어지기 직전까지 후진하여 우리를 내려놓고 떠난 후에 놈들이 총대로 우리 엉덩이를 밀어 구덩이에 몰아 넣었을 때 이미 구덩이 바닥에 나둥그러져 온몸이 진흙투성이가 되었으니까. 그러니까 또다시 구덩이에 나둥그라진다 해도 아무 상관이 없었던 거야.

우린 똥덩어리 같았어. 정말 꼴이 말이 아니었지.

바로 그때 네 아버지가 석류와 처절한 정원(역자 주 : 기욤 아뿔리네르의 시)에 대해 이야기했어. 그가 무슨 말을 하는 건지 하나도 이해할 수가 없었단다. 네 아버지도 자세히 설명해 주지 않았고.

구덩이 바닥에 물이 많이 고여 있어서, 신발이 물에 쩔어 짜도 될 정도가 됐어. 우린 발로 진흙을 문지르고 두드려서 아주 조그맣고 평평한 둑을 쌓는 데 성공했지. 그리고 그 위에 발을 올려놓았어.

그 다음에는 도망치려고 대담하게 구덩이 벽에 계단

을 만들어 보려고 했지만 허사였어. 진흙이 미끄러워 계단 만들기가 너무도 어려웠던 거야. 그리고 힘들게 계단을 만들었다 해도 신발에 진흙이 붙어서 떨어지지 않거나, 그냥 무너지고 말았어.

설사 우리가 구덩이를 빠져나간다 하더라도 독일놈들이 가만히 있을 리도 없었겠지. 놈들이 어딘가에 숨어서 기관총을 겨누고 있는 것이 분명했으니까. 생각해봐라, 우리가 도망치다가 총에 맞아 죽는다면 독일놈들이 얼마나 신나 하겠니.

할 수 없이 우리는 그냥 있기로 작정했단다. 우리는 말없이 쭈그리고 앉아 있었지. 비를 맞아 온몸이 흠뻑 젖었어. 비가 우리의 온몸을 씻겨준 거지. 핏속까지 물에 씻겨진 기분이었단다.

대강 십여 평 남짓한 구덩이에서 우리 네 사람은 꿈쩍 않고 있었어. 네 아버지가 부들부들 사시나무 떨듯 떨며 두 팔을 벌려 구덩이의 직경을 재어보았는데 대략 십여 평 정도 되더구나. 아무리 도망치려고 해봐야 허사라는 것을 깨달았지. 도망치기에는 구덩이가 너무

깊고 컸으니까.

이 거대한 구덩이에 산채로 매장되어 죽게 되다니! 제기랄! 우리는 자신의 무덤을 직접 보는 기쁨과 특권을 누리게 된 거야. 멍청한 독일놈들은 총알을 낭비할 필요도 없고 말이야. 생각이 여기에 이르자 힘이 쏙 빠지더구나.

그때 절망이 무엇인지 깨달았단다. 독일군 소대가 발로 흙을 밀어서 구덩이에 쏟기만 해도 우리는 삽시간에 죽어버릴 테니까.

우리 말고 다른 두 명의 인질이 더 있었는데 앙리 주드르작이라는 사람과 에밀 바이월이라는 사람이었어. 이 두 사람은 무고하게 잡혀온 진짜 인질이었지. 반면 네 아버지와 나는 죄가 있는 인질이었고…… 앙리와 에밀은 아침에 우체국에서 나오다가 붙잡혔다고 했어. 체포된 후에 놈들에게 죽도록 얻어맞고 구덩이에 처박힌 거였지.

체포된 경위에 대해 서로 이야기하다가 독일놈들이 우리를 인질로 잡은 게 우연이 아니었다는 사실을 깨달았어. 독일놈들은 바로 우리 동네 일요 축구팀에서 인질들을 고른 것이었어. 우리 네 사람은 모두 그 축구팀에서 뛰고 있었고 서로 잘 아는 사이였거든. 네 아버지는 골키퍼였고, 나는 왼쪽 공격수, 나머지 두 사람은 수비와 오른쪽 미드필드였던가 그랬어.

네 아버지와 나는 축구경기를 끝내고 샤워를 한 다음에 폭발물을 설치하러 갔었던 거야. 물론 앙리와 에밀은 이런 사실을 전혀 모르고 있었지. 그것은 지금도 확실히 기억나는 일이야.

그렇다면 축구팀의 누군가가 우리를 찌른 건 아닐까 생각해보았지만 아무리 생각해도 그런 짓을 할 사람은 없었어.

우리를 찌른 사람이 누구였는지는 전쟁이 끝난 후에야 알게 되었지. 바로 프랑스 헌병들이었어. 그놈들은 에넹 리에타르 축구팀의 열렬한 팬이었어. 그런데 우리가 1939년 프랑스컵 첫경기에서 삼 대 영으로 에넹 팀을 대파했거든.

그래서 놈들이 땅에 떨어진 명예를 되찾으려고 글쎄

우리를 독일놈들에게 인질로 넘겨준 거야.

독일놈들 입장에서는 프랑스 축구광들을 총살한다는 사실이 너무도 재미있었겠지. 더군다나 그 축구광들은 테러리스트들이 비겁하게 자수하지 않아 대신 프랑스 헌병대가 넘긴 죄 없는 사람들이었으니 얼마나 신났겠냐. 프랑스 사람들을 겁먹게 하는 데에 그보다 좋은 기회는 없을 테니까 말이야. 어떻게 우리가 붙잡혀 총살당하는지 알려주기만 하면 되었겠지.

앙리와 에밀은 사람들이 한 번 겁을 먹으면 그 파급효과가 얼마나 큰지 잘 모르는 것 같았어. 그들은 질문을 퍼부었지. 그리고 한숨 짓고……

"자네들이 진짜 범인이라면 자백해, 어차피 자네들은 죽을 목숨이니 자네들 덕분에 우리라도 살 수 있다면 낫지 않아? 자네들이 범인이 아니더라도 다른 레지스탕스를 위해서 희생하게."

꼬리에 꼬리를 물고 생각들과 궁리들이 이어졌어. 그래서 네 아버지와 나는 우리를 고발하라고 했어. 독일놈들이 돌아오면 우리가 범인이라고 하라고…… 나는 앙리와 에밀이 우리를 원망하고 있다고 생각했어. 그래서 그들만이라도 살아날 수 있기를 바랐지. 우리가 희생함으로써 그들이 살 수 있다면…….

하지만 네 아버지는 생각이 달랐어. 앙리와 에밀이 우리를 고발한다고 하더라도 우리 모두는 어차피 다 죽게 돼 있다고 말했단다.

그 말을 듣더니 앙리와 에밀은 친구들을 배신하면서까지 목숨을 건져보려고 한 자신들이 부끄럽다고 말하더구나. 집에 남겨두고 온 아내가 생각나서 잠깐 머리가 돌아버린 것 같다고 말이야.

우리 두 형제는 아직 결혼을 안 한 총각들이었지만, 그 두 사람은 결혼한 사람들이었어. 그런데 그 두 사람은 죄도 없이 죄지은 우리와 함께 갇혀 있는 것이었지.

그래서 이번에는 우리가 머리를 굴리기 시작했지. 생각하고 또 생각하고…… 우린 모두 돌아버릴 지경이었어. 나와 네 아버지 같은 사람은 전쟁이 터지자마자 축구를 그만두었어야 했다고 후회했어. 더군다나 에밀이나 앙리와 같이 무고한 사람들과는 축구를 하지 말

앉아야 했는데 하고 가슴을 치며 후회했다. 그런 시기에 운동하는 것은 너무도 위험한 짓이었던 거야. 우리가 이 꼴이 된 게 바로…… 아! 어쩌면 좋단 말이냐!

  내가 무슨 말을 하다가 말았지? 아, 그거였지!
  그래서 우리 네 명은 다시 마음을 합치기로 했단다. 점심시간이 세 시간쯤 지났는데도 우리는 아무것도 먹지 못하고 추위와 비에 온몸을 오들오들 떨고 있었어. 우리에게 남아 있는 시간은 72시간뿐이었어.
  별로 할 말도 없더구나. 만일 우리가 폭파범이라는 사실을 밝혔다면 에밀과 앙리는 우리에게 저주의 말을 퍼부었을 거야. 그리고 독일놈들에게 우리가 범인이라고 찔렀겠지.
  주변은 고요하기만 했어. 주위에서 새소리와 벌레들이 기어다니는 소리만 들리는 것으로 보아 허허벌판에 우리들만 남아 있는 것 같았어. 놈들은 우리가 있다는 사실조차 잊어버린 것이 아닐까? 그렇다면 빨리 도망치는 것이 상책인데…… 이런 생각들이 머리 속을 스

미셸 깽

치는 거야.

그렇지만 그런 생각이 스친 것은 잠깐뿐이었어.

그때 흙이 굴러 떨어져 위를 쳐다보니 밖은 아직도 대낮이었어. 우리가 머리를 쳐들고 바라보았을 때 바로 그가 거기에 있었어. 등은 비에 젖어 있었고, 어깨에는 총을 메고 있었지. 그는 독일병 말장화를 신고, 목 끝까지 단추를 꼭 채운 외투를 입고 구덩이 가에 쌓여 있는 자루에 앉아 있었어. 눈이 안 보일 정도로 철모를 푹 눌러쓰고, 바보같이 생긴 입을 쫙 벌리고 웃는 모습이란 정말 가관이더구나.

보초병이었어! 독일놈들이 마침내 우리를 감시할 보초병 한 명을 보낸 거야. 어디 탄광 같은 데서 삽질이나 하던 미련하고 멍청한 놈이었을 거야. 그는 할 줄 아는 것이 아무것도 없어서 우리나 지키라고 보내진 바보 같은 녀석이 분명해 보였지.

그는 무릎에 손을 얹고 쭈그리고 앉아서 우리를 내려다보고 있었어. 그러더니 갑자기 눈을 휘둥그렇게 뜨더니 입을 삐죽이 내밀며 바보 흉내를 내는 거야. 우리는 너무나 기가 막혀서 그를 바라보고만 있었어. 그가 우리에게 욕을 퍼붓거나 돌멩이를 던지거나 오줌을 갈길 수는 있다고 생각했어. 그렇지만 인질들을 놀리는 짓을 하다니! 곧 죽을 사람들 앞에서 개그를 하다니! 그건 정말이지 참을 수 없는 짓거리였단 말이다! 그래서 우리는 진흙덩어리를 집어 그에게 던졌어.

그건 소용이 없는 짓이었어. 왜냐하면 그 진흙덩어리는 그를 맞추지 못하고 고스란히 우리의 얼굴 한복판으로 떨어졌으니까.

그런데 그때 그가 간식거리를 호주머니에서 끄집어내는 거야. 샌드위치 한 덩어리를…… 그 샌드위치를 보고 우리가 얼마나 군침을 흘렸는지 말도 마라! 그런데 외투 호주머니가 천리 만리도 넘게 깊은지 그가 빵을 잘 꺼내지도 못하는 거야. 그 꼴이 얼마나 우스웠는지 죽을 지경이었어.

호주머니 안에 손가락을 무는 벌레라도 들어 있는 양, 그는 아야! 아야! 비명을 지르며 샌드위치 빵을 꺼내려고 애쓰는 흉내를 내는 것이 아니겠냐!

그때 그의 꼴을 보며 우리는 순간적으로 화가 치밀어올랐어! 배가 고파 죽을 지경인 우리 앞에서 음식을 가지고 그렇게 장난을 치다니! 우리를 업신여기고 있는 게 분명했어. 그땐 그를 죽여버리고 싶은 심정이었다! 그가 우리를 조롱하고 있다고 생각했지.

우리는 곧 죽을 목숨이라는 사실을 알면서도 샌드위치를 쳐다보며 먹고 싶어 침을 꼴깍꼴깍 삼켰지. 어떻게 그럴 수 있었는지 지금 생각해도 이해가 안 가는 일이야. 어쨌든 나도, 그리고 친구들도 모두 그 샌드위치가 먹고 싶어 죽을 지경이었어.

그런데 갑자기 네 아버지가 놈의 우스꽝스런 꼴을 보며 웃음을 터뜨리는 거야. 그래서 우리도 따라서 웃기 시작했지. 우리 모두는 배꼽이 빠져라 웃어댔어.

"낄낄낄……"

우리가 구덩이 바닥에서 허리가 끊어져라 웃으면 웃을수록 놈은 호주머니에서 빵을 꺼내지 못하고 애만 쓰는 거야. 그러다 힘들게 호주머니에서 빵을 꺼내는 데에 성공하자 놈은 얼른 이빨로 빵을 덮쳐 베어 물더니 우물우물 삼켜 버리더구나.

그리고 난 후 온몸을 떨더니 다시는 먹을 것을 생각하지 않겠다는 결심을 굳히듯이 손가락을 물어뜯더구나. 그 후 3분 정도 잠잠히 있더니 갑자기 놀랍게도 다시 외투 호주머니 공격에 나서는 거였어.

내가 그때처럼 죽도록 웃은 적은 아마 다시 없었을 거야. 네 아버지도 마찬가지였어. 놈은 마치 호주머니 속에 숨어 있는 빵을 사냥하는 사냥꾼 같았어. 너무 웃어서 눈물이 다 나오더구나. 그때처럼 즐겁게 눈물을 흘린 적은 한번도 없었을 거다.

우리가 곧 죽게 될 운명이라는 사실도 잊어버렸지 뭐냐. 정말로 앞날에 대한 걱정은 까마득히 잊어버리고 배꼽이 빠져라 웃을 정도로 우리는 철부지였고, 그는 그 정도로 웃기는 놈이었지.

구덩이 가에 앉아 있던 그가 갑자기 벌떡 일어나더라. 그리고 다시 외투주머니에 손을 쑥 집어넣더니 신문지에 둘둘 말은 샌드위치를 여섯 개나 꺼내는 거야. 여섯 개나 되는 샌드위치를 다 먹어치운다면 그는 사람이 아니라 짐승이지!

그런데 그는 그것을 위로 던지면서 재주를 부리는 거야. 기막히게 재주를 잘 부리더구나. 샌드위치 여섯 개를 하나도 떨어뜨리지 않는데, 정말 손재간이 대단했단다. 구덩이 밑에서 우리는 군침을 흘리며 입을 벌리고 기다리고 있었어. 드디어 놈이 샌드위치 한 덩어리를 놓치는 순간, 우리는 벌써 두 팔을 벌려 샌드위치가 떨어지기만을 기다리는데 놈이 잽싸게 다시 낚아채는 거야. 이제 샌드위치가 우리 것이 되리라고 믿었던 바로 그 순간에 놈이 다시 낚아채는데 정말 환장하겠더구나.

우리는 창피할 정도로 꽥꽥 비명을 질렀어. 마치 뼈다귀를 던져주려는 시늉을 하면 꽥꽥 짖어대는 강아지 새끼들처럼 말이야. 우리의 비명소리에 놈이 놀랐는지, 놈의 곡예가 엉망진창으로 말리더구나. 그러더니 여섯 개의 샌드위치가 고스란히 구덩이 밑으로 떨어지는 게 아니겠니. 하나님께서 우리에게 샌드위치 비를 내려주는 것 같았지. 우리는 샌드위치를 하나도 놓치지 않고 다 받아냈지.

샌드위치 안에는 버터와 파테가 발라져 있었고 피클이 들어 있었어. 바로 우리가 붙잡혔던 지하창고에서 모두 가져온 것 같더구나.

우리는 독일놈들이 지하창고에 있던 식량들을 약탈했다고 생각했어. 그렇지만 어떻게 하겠냐. 그 샌드위치 맛은 환상적이었어. 우리가 신문지에 묻어 있던 버터까지 혀로 하도 샅샅이 핥아먹어, 신문지의 활자가 입술에 찍힐 정도였지 뭐냐. 그렇지만 뼛속까지 적시는 비가 우리의 입술을 닦아 주었어. 제기랄!

그래도 우리는 기분이 좋아져서 서로 얼싸안고, 아직도 찢어지지 않은 신문조각을 큰 소리로 읽었어. 신문조각에는 만화가 있었거든. 만화는 한 얼간이가 축구경기에서 지자 속상해서 술에 잔뜩 취해 집으로 돌아와서는 마누라한테 축구경기에서 잘 싸워서 기분이 좋아 친구하고 한잔했다고 거짓말을 하는 거였지.

그 만화를 읽고 우리는 또 웃었어. 사실 얼간이의 짓거리가 그렇게 배꼽이 빠질 정도로 우습지는 않았는데도 우리는 웃고 또 웃었단다. 왠지 웃음을 멈출 수가 없었던 거야. 그건 바로 우리가 꾀를 써서 놈을 골탕먹인 것이 너무도 신나서 웃음이 났던 거지.

놈의 사흘치 식량을 우리가 다 가로챘으니 이제 그는 배를 쫄쫄 곯게 생긴 것 아니냐. 우리는 그에게 운명이 얼마나 못된 장난짓거리를 하는지 깨닫게 해준 셈이지. 그리고 다른 사람들을 업신여기다가는 어떤 꼴이 되는지도 가르쳐준 거라고 생각했지.

그는 어둠 속에 다시 앉았어. 우리가 빵을 게걸스럽게 삼키는 사이 갑자기 날이 저물어 버려서, 이제 그의 모습은 어렴풋하게 형체만 분간할 수 있었단다. 그는 하늘보다도 더 시커멓게 보였는데, 눈은 철모에 가려져 보이지도 않더구나.

우리는 더 이상 웃지 않았어. 그가 일부러 그런 것이 틀림없었으니까. 애초부터 그 샌드위치는 우리 몫이었던 거야. 아마도 우리의 마지막 식사였을 테지. 그런데 그가 우리에게 천천히 고통을 주려고 일부러 쇼를 한 것이 분명했어. 그가 샌드위치를 가지고 손재주를 부리는 척하다가 구덩이에 떨어뜨린 것은 우리를 골려주려고 그런 것이 틀림없었어.

그렇다면 놈이 정말 우리를 가지고 논 셈이었지. 그렇다 하더라도 분한 마음 때문에 빵맛이 떨어지거나 소화가 잘 안되거나 그렇지는 않았단다.

그는 밤새 꼼짝 않고 있었어. 다음날 날이 밝았을 때 마침내 그의 눈을 볼 수 있었지. 태양빛이 그의 눈을 환히 비췄거든. 그런데 그의 눈빛을 보니 그는 바보 같지도 않았고, 살인마는 더욱 아닌 것 같았어. 우리는 밤새 너무 추워서 서로서로 몸을 포개다시피 하며 쭈그리고 자는 둥 마는 둥 했단다.

우리는 흙구덩이 벽에 몸을 기대고 서 있었는데 추워서 이빨이 딱딱 부딪혔지. 옷은 온통 진흙 투성이고…… 그때 에밀이 나직이 울기 시작하더구나. 앙리는 초점 잃은 시선으로 폴란드어로 혼자 중얼거리고…… 네 아버지만 씩씩하게 힘을 잃지 않고 있었지.

갑자기 네 아버지가 고개를 들더니 놈에게 말을 걸

었어. 난 그때의 네 아버지의 목소리를 평생 잊을 수가 없단다. 네 아버지는 마치 바다로 휴가 온 첫날 아침처럼 활기찬 목소리로 그에게 물었단다.

"언제 아침식사가 나오지?"

그랬더니 그가 무뚝뚝하게 대답하는 거야.

"여보게! 야외 호텔에서는 바람이 아침식사라네!"

그런데 프랑스어를 너무도 잘하는 거야. 그의 목소리만 들었다면 그가 프랑스인이라고 착각했을 정도로 프랑스어가 완벽했어. 거기다가 그는 네 아버지를 오랜 친구 부르듯이 '여보게' 라고 하는 게 아니겠냐. 정말이지 놀라운 일이었어! 우리는 놀라서 눈만 깜빡거리고 있었단다. 독일놈들이 민병대원을 시켜 우리를 지키게 할 수도 있기는 하지만…… 하지만 그는 분명히 독일 군복을 입고 있었거든.

"내 이름은 베르나르야. 모두들 나를 베른이라고 부르지. 농담은 그만하고, 자네들에게 먹을 것을…… 자네들 말로 뭐라고 그러더라…… 그래! 먹거리를 가져다주어야 할 텐데…… 어젯밤의 샌드위치는 내무반에

서 준 내 식사였어. 어쩐다? 계속 같은 곳에서 먹거리를 훔칠 수도 없고…… 걸리면 나도 구덩이에 처박히는 신세가 되고 말 텐데!'

그는, 눈은 사시에, 입은 툭 튀어나오고, 잔뜩 겁먹은 어린애의 목소리로 말하고 있었어. 그렇게 생긴 사람이 우리에게 친절을 베풀다니 정말 기분이 이상하더군.

하지만 얼마 안 있어 네 아버지와 나는 그의 정체에 대해 의심을 품게 되었지.

오후 무렵이 되었을 때 마침내 우리는 그의 정체가 무엇인지 깨달았어. 프랑스어를 완벽하게 하고, 친절하고, 동정심 많은 체하는 그는 대단히 영리한 놈인 게 분명했어. 그가 우리의 마음을 열어 자백을 얻어내려고 잔꾀를 부리는 거라는 생각이 들었거든.

그는 우리가 어리석게도 레지스탕스 조직에는 누가 있고, 다음 테러 대상은 무엇이고…… 그딴 것들을 다 불 거라고 생각한 것이 분명했어.

그의 정체를 파악하는 데에 좀 시간이 걸리기는 했

지만 다행히 그때까지 그에게 털어놓은 것은 아무것도 없었지.

그가 먹거리를 찾아 나섰을 때도 우리는 고맙다는 말조차 하지 않았단다. 그가 돌아와 장작에 구운 감자를 구덩이 밑으로 내려주더구나. 그 감자는 정말 신이 내려주신 선물이었어!

구덩이로 감자를 내려주기 전에 그는 또다시 감자를 가지고 재주를 부리는 거야! 정말 못 말리는 놈이더군! 베른이라는 그 놈은 그렇게 바보짓거리를 하며 시간을 때우는 거야. 우리는 놈을 보고 웃었지만 아무 말도 하지 않았어.

우리가 감자를 게걸스럽게 먹는 동안 그는 총으로 트럼펫 부는 시늉을 하고 있었지. 트럼펫이 아니라 색

소폰 연주를 하는 것 같기도 하고…… 그는 총구에 바람을 불어넣으며 곡을 연주하고 있었어. 마치 매일 총으로 연주해온 것같이 멋지게 말야. 그런데 순간적으로…… 나 말고는 아무도 그것을 보지 못했지만…… 그가 총을 자신의 입에 대고 쏘기라도 하려는 듯이 방아쇠에 엄지손가락을 갖다 대는 거야. 그도 자기를 보고 있는 나를 보았지. 그가 특유의 얼굴 표정을 짓더군. 난 그때 그의 눈동자 깊은 곳에 슬픔이 스치고 지나가는 것을 보았어.

우리는 순식간에 감자를 다 먹어치웠단다.

감자를 다 먹고 손가락을 핥고 있는데 갑자기 순찰소대가 오는 거야.

순찰대는 총을 겨누며 구덩이를 빙 둘러 정렬하더구나. 승마용 바지를 입은 소대장은 허리에 손을 갖다 대고 있었어. 그는 우리 같은 것들 때문에 시간 낭비하는 것이 지긋지긋하다는 표정이었어.

이번에는 정말 죽는구나 하는 생각이 들더구나. 인생이여 안녕! 친구들이여 안녕! 죽을 때 아플까? 죽을

때 바지에다 오줌 싸는 것은 아니겠지? 놈들은 우리를 어디에다 묻을까? 놈들이 우리 부모님에게는 뭐라고 얘기할까? 옛날에 나를 좋아하던 그 여자 이름이 뭐였더라?

이런 생각들이 순간적으로 머리를 스치고 지나가더구나. 그러면서 온몸이 사시나무 떨듯 떨리는 거야. 그 순간에 잘난 체할 수는 도저히 없었단다. 스무 살에 죽다니 너무 억울하다는 생각도 들더구나.

에밀이 무릎을 꿇더니 흑흑 소리를 내며 울기 시작했지. 그의 어깨가 마구 들썩이더구나. 에밀은 이마를 애교머리로 가리고 있었는데 마치 카바레의 제비족같이 생긴 친구였어. 그런데 비를 맞아 앞의 애교머리가 뻣뻣하게 서 있었어.

그때의 모습이 생생하게 기억나는구나. 한편 앙리는 눈을 내리깔고 똑바로 선 채 두 손을 모으고 기도를 하고 있었어. 무슨 말인지 알아들을 수 없는 폴란드 말로 말이야. 그러나 구덩이 위에 있던 소대장이 뭐라고 소리를 지르기 시작하는 바람에 그의 기도는 잘 들리지 않았단다. 소대장이 누구를 향해 그렇게 소리를 지르는 것인지조차 알 수가 없었어. 나는 네 아버지의 어깨에 손을 얹었어. 네 아버지는 나의 두 팔을 잡았고. 그리고 우리는 서로 껴안았지.

"잘 가, 앙드레! 그래, 잘 가, 가스똥!"

그게 끝이었다. 네 아버지나 나나 종교가 없었거든. 그리고 앙리 옆에 있던 에밀에게 가서, 그를 부축하여 일으켜 세웠지. 겁쟁이처럼 죽고 싶지는 않았단다. 우리는 축구경기가 끝나고 관중들에게 인사하는 선수들처럼 일렬로 섰어.

베른은 두 발자국 정도 뒤로 물러서 있었는데, 그의 어깨에 매여 있던 총의 멜빵이 스르르 미끄러지더구

나. 그는 앞으로 고개를 내밀어 눈을 둥그렇게 뜨고 우리를 내려다보고 있었어. 그때의 상황을 마음 속 깊이 새겨두고 싶은 모양이었어.

침묵이 흘렀지. 침묵이 새소리, 바람소리, 벌레소리마저 몰아내고 세상을 지배하고 있다는 생각이 들었단다. 시간이 멈춰버린 것 같았어.

그리고 총소리가 들렸어! 그런데 놀랍게도 우리는 죽지 않았어. 죽음이 아니라 다시 삶이 찾아온 거야. 하사관의 신호에 따라 소대원들이 공중을 향해 총을 쏜 것이었어. 위협 총성이었던 거지!

승마용 바지를 입은 소대장이 무어라고 소리를 지르더니 베른에게 통역하라는 신호를 했어.

그날 저녁까지 범인이 자수하지 않으면 우리 중 한 사람을 총살할 예정이니 누가 제일 먼저 죽을지, 우리보고 정하라는 거야.

독일 소대는 뒤로 돌더니 가버렸어. 놈들이 축축한 들판을 걸어가면서 웃고 떠들고 휘파람을 부는 소리가 들려왔어. 놈들이 트럭에 도착할 때까지 소리는 계속

들려왔지. 트럭이 얼마나 멀리 있었는지 모터 소리가
거의 들리지 않았어.

바로 그때 베른이 총의 노리쇠를 조작하는 소리가
들렸어. 그가 총알을 장전시키는 것인지 아니면 장전
을 푸는 것인지는 잘 알 수 없었어. 다만 그의 얼굴이
하얗게 질려 있는 것만 볼 수 있었지.

때는 늦은 오후였어.

우리가 한숨 돌렸다고 생각하니? 천만에! 피가 마르
는 시간이었어! 우리들끼리 싸워 누가 제일 먼저 죽을
것인가를 정해야 하다니!

우리는 제비뽑기를 하기로 했지. 에밀과 앙리는 제
비뽑기에서 빼는 것이 당연하다고 생각했어. 네 아버
지는 희끄무레한 나무 뿌리를 집어 나에게 내밀었지.
그런데 갑자기 에밀이 우리들만 제비뽑기하는 것에 반
대하고 나서지 않겠니? 조금 전까지만 해도 독일놈들
에게 무릎을 꿇고 살려달라고 빌던 바로 그 친구가 자
기를 빼고 제비뽑기한다는 사실에 모욕감을 느낀 거
야. 에밀은 충동적이고 감상적인 사람이었어. 에밀은

총살당하기 위해 벽에 세워지는 바로 그 상황만 아니라면 그 누구보다도 용감할 수 있었던 사람이었지. 그는 치과 의자에 앉으면 무서워서 벌벌 떠는 그런 종류의 사람이었어.

앙리는 우리가 말다툼을 하는 동안 아무 말도 하지 않고 바라보고 있다가 마침내 한마디 하더군.

"에밀, 내버려둬! 저들이 바로……"

"저들이라니? 그게 대체 무슨 말이야?"

에밀은 앙리가 무슨 말을 하는지 이해하지 못했어.

"변압기 폭파범 말이야, 바로 저들이 폭파범인 게 분명해. 그렇지 않으면 왜 우리를 제비뽑기에서 빼주겠어?"

"아니, 절대 그렇지 않아. 다만 자네들의 아내를 생각해서 살려주고 싶었을 뿐이야!"

네 아버지가 우기자, 머리 위에서 목소리가 들렸지.

"나는 자네들이 진짜 범인이든 그렇지 않든, 상관없는 일이라고 생각해. 중요한 것은 독일군의 계략에 말려들어서는 안된다는 거야. 가장 좋은 방법은 독일군에게 자네들 전부를 죽이라고 하거나, 그렇지 않으면 아무도 죽이지 못하게 하는 거야. 자네들 스스로 희생양을 선택한다면 반인륜적 선택을 하도록 한 그들의 논리에 덩달아 춤추는 꼴이 되는 거지. 그렇게 되면 도리어 그들의 논리가 정당하고, 그들은 자네들에게 동정을 베푼 셈이 되는 거란 말일세."

다시 구덩이 가에 앉아 베른은 '희생양', '반인륜적 선택'과 같은 단어를 쓰며 거침없이 말을 내뱉었어. 그가 충동적으로 말하는 것이 아니라, 오랫동안 숙고해서 말하고 있다는 것을 알 수 있었지. 그의 말이 얼마나 멋있었는지 지금도 생생하구나.

"아주 속편하게 아무 말이나 지껄이는군. 우리 네 사람 다 죽음의 구덩이로 빠지느니, 한 사람이 희생하여 나머지 세 사람을 살리는 편이 훨씬 낫지 않겠어?"

"죽고 사는 일을 타인의 손에 맡기거나, 다른 사람의 목숨을 빼앗는 대가로 자신이 살아난다면 인간으로서 존엄성을 포기하는 것이고, 악이 선을 이기는 것에 동의하는 것이라고 생각하네. 악의 편에 있는 독일 군복을 입고 있는 나 자신이 부끄러울 따름이야."

이렇게 말한 후 그는 구덩이에서 좀 떨어진 곳으로 가버리더구나. 더 이상 그가 보이지 않았어.

네 아버지는 잠자코 있더니 나무 뿌리를 던져버렸지. 우리 모두는 아무 말 없이 가만히 있었어. 그런데 갑자기 술병이 위에서 굴러 떨어지는 거야. 술병에는 독일 곡주가 반쯤 남아 있었어.

우리가 위를 쳐다보니 베른은 벌써 사라져버리고 없었단다. 네 아버지가 "고마워!"라고 소리쳤어. 제일 먼저 술병을 들고 벌컥벌컥 마신 것은 앙리였단다.

날이 어슴푸레 저물어가기 시작할 때 놈들이 다시 왔어. 그래서 시간이 얼마쯤 흘렀는지 대충 짐작할 수 있었지. 날이 저물어가는 것과 동시에 우리의 인생도 끝장이 나는구나 하고 생각했단다. 술병에 있던 곡주를 다 마셔버린 지는 이미 오래 전이었어.

제일 먼저 승마용 바지를 입은 소대장이 구덩이로 다가왔어. 팔짱을 낀 채 그는 두 다리를 쫙 벌리고 서더니 인상을 쓰더구나. 그의 뒤에 소대가 오고…… 그런데 소대원 중 네 명이 삽을 들고 있었어.

소대장이 신호를 보내자 놈들은 삽으로 흙을 퍼서 구덩이 속으로 던지는 거였어. 진흙더미와 찰흙반죽이 우리 머리 위를 덮쳤지. 짐승 같은 놈들! 글쎄, 우리를 생매장하려고 하는 게 아니겠냐! 베른이 뭐라고 말을 하며 그들을 막으려고 하는 것 같았어. 그러나 놈들은 그에게 통역할 여유를 주지 않더구나.

에밀은 새파랗게 질리더니 구덩이 벽을 타고 올라가려고 발버둥치며 비명을 지르기 시작했다. 그가 꼭 미쳐버리는 것 같았지. 에밀이 계속 비명을 지르자 독일 소대장이 총을 쏘았어. 그러자 에밀은 비명 지르는 것을 멈추었어. 우리는 이제 죽었구나 생각했지. 그런데 그게 아니었어. 소대장이 공중에 대고 총을 쏘았던 거야. 총소리는 그때까지도 하늘에서 울려퍼지고 있었어. 그때 베른이 우리에게 반복해서 하는 말이 들려왔단다.

"자네들은 이제 살았어! 살았다고! 무서워할 필요 없어! 자네들을 구덩이에서 꺼내주려고 하는데 밧줄도

없고, 트럭에 있는 사다리는 너무 작아. 그래서 할 수 없이 구덩이에 흙을 퍼넣는 거야!'

다른 놈들은 겁먹은 우리의 모습을 보며 재미있는지 키득키득 웃고 있었단다. 우리를 생매장시키려고 놈들이 흙을 쏟아붓는 것으로 생각했지만 사실은 구덩이에서 꺼내주려는 거였거든. 그렇지만 누군들 무섭지 않았겠니! 놈들이 우리였더라도 겁먹었을 거다!

우리는 놈들이 편안하게 삽으로 흙을 퍼서 붓도록 뒤로 물러나 있었지.

어느 정도 흙이 바닥에 쌓이자 놈들은 사다리를 내려 보내주더구나. 우리는 쌓인 흙더미를 밟고 올라서서 사다리를 타고 올라갔어. 사다리를 밟고 올라가자 사다리 살이 너무 약해서 휘청거리는 것이 금세라도 다시 바닥으로 나둥그러질 것 같았단다.

에밀이 제일 먼저 사다리를 타고 올라갔는데, 베른이 손을 내밀어 그를 잡아주려다가 그만 사다리와 에밀과 함께 그도 구덩이 바닥으로 떨어지고 말았단다. 독일놈들은 깜짝 놀라 총을 우리에게 겨누었어. 그들은 예기치 않은 상황이 벌어지자 당황하더구나. 우리가 베른을 인질로 잡기라도 할까봐 겁먹었던 거지.

그러나 우리는 진흙바닥에 나둥그러져 있는 베른의 손을 잡아 일으켜 세워주고, 바닥에 떨어졌던 총도 주워 그에게 돌려주었을 뿐 다른 생각은 하지 않았어. 다만 우리와 똑같이 구덩이 감옥에 갇혀, 똑같이 진흙투성이가 되어버린 베른을 바라보며 웃음을 터뜨렸지.

베른과 우리는 서로 마주보며 실컷 웃었어. 구덩이 위에 있던 독일놈들은 어찌된 영문인지 몰라 어리둥절해서 보고만 있더군. 그러더니 갑자기 소대장이 소리를 '꽥' 질렀어.

그때 정신이 번쩍 나더구나. 우리는 마음을 진정시

켰어. 웃음을 그치고 사다리를 제대로 놓았지. 그리고 다시 사다리를 올라가야 했어.

"자! 다시 한번!"

맨 먼저 베른이 사다리를 타고 올라갔어. 그가 잘 올라가도록 우리가 밑에서 사다리를 꼭 잡고 있었지.

"자! 이번에는 우리 차례야!"

우리는 이를 악물고 사다리를 살금살금 올라갔어. 사다리가 금방 부서질 것같이 휘청거렸지만 마침내 우리는 사다리 끝에 이르렀지. 그래도 사다리가 짧아 베른이 우리 손을 잡아당겨 주어야만 했어.

마침내 우리는 바깥세상으로 나왔단다. 감격하여 어찌할 바를 모르며 우리는 헤어지지 않으려고 발버둥치는 어린아이들처럼 서로 부둥켜안았다.

멀찌감치 주차되어 있는 트럭까지 걸어갔는데, 맨 앞에서 베른이 삽 네 개를 질질 끌고 갔고, 이어서 우리, 그리고 독일놈들이 우리에게 총을 겨누며 갔고, 맨 끝에 소대장이 걸어갔지.

모두 트럭에 올라탄 후, 우리는 트럭 바닥에 앉았다.

우리처럼 베른도 의자에 일렬로 앉은 독일놈들의 발 사이에 털썩 앉았어. 그도 우리처럼 온몸이 진흙투성 이였으므로 의자에 앉을 수가 없었거든. 같이 앉아 있 던 네 아버지가 그에게 이름과 직업을 물었지. 베른은 빙긋이 웃더니 대답하더구나.

"내 이름은 베르나르 비키라네, 직업은 어릿광대이 고."

"아! 어릿광대!"

베른은 쑥스러운지 그 특유의 표정을 지으며 다시 설명했어.

"삐에로, 빨간 머리에 빨간 코를 한……"

"나는 초등학교 교사야. 그럼 자네와 나는 똑같이 어 린아이들을 즐겁게 해주는 일을 하고 있는 거네. 그런 데 왜 우리를 풀어주는 거지?"

"어떤 사람이 자신이 변압기 폭파범이라고 자수했 어. 그는 이미 총살당했다네."

그런데 우리는 그 말을 끝으로 더 이상 말을 나눌 수 가 없었다. 앞좌석에 앉아 있던 소대장이 창구멍을 통해 뭐라고 소리를 질렀기 때문이야. 베른은 의심받지 않으려는 듯 "입닥쳐!"라고 꽥꽥 소리를 치며 우리에게 통역했어. 트럭이 화물기차가 있는 역에 도착할 때까지 우리는 아무 말도 하지 않았다.

우리는 처형당하지는 않았지만 강제 이송되었어. 꼴롱느 부근에 있는 화차수용소로 이송되었지. 거기에서 우리는 다른 열댓 명의 포로들과 함께 탈출했단다.

우리는 보초병들이 보는 앞에서 일렬로 서서 당당하게 걸어나왔는데, 우리가 도망치고 있었다고는 아무도 의심하지 않았어. 멍청한 보초병들은 우리가 강제 노역하러 가는 중인 것으로 착각한 거야!

그렇게 우리는 자유의 몸이 된 거지! 그런데 잊지 못할 일…… 너도 그 이야기는 잘 알고 있지? 네 아버지가 이미 말했을 거다. 우리는 벨기에를 거쳐 프랑스로 들어왔는데, 오는 길에 이틀밤을 수녀원에서 잤어. 그런데 수녀들은 우리가 자신들을 강간할 수도 있다는 사실을 조금도 의심하지 않더구나. 수녀들은 아무 두려움도 없이 우리를 재워주었단다.

그리고 프랑스로 돌아와서는…… 우리가 어디에 있는지, 날짜가 어떻게 가는지도 모른 채 레지스탕스 활동에만 몰두했지. 우리는 인간으로서의 존엄성을 지키겠다는 생각뿐이었어.

에밀은 1949년 너무도 허망하게 죽었단다. 그는 아내가 헤어지자고 하는 것에 충격을 받아 석탄 나르는 기차 밑으로 몸을 던지고 말았어. 그리고 앙리는 오래전에 폴란드 고향으로 돌아갔지. 그가 아직도 살아 있다면 아이들에게 지금 내가 너한테 하는 이야기와 똑같은 이야기를 하고 있을 거야.

우리가 구덩이 감옥에서 풀려나서 강제 이송된 바로 그날 변압기 폭파 사건이 해결되었지. 적어도 그 사건 때문에 다시 붙잡혀 처형될 염려는 없었어.

그런데 두에 역에 있는 변압기를 폭파했다고 자수한 그 사람은 우리가 모르는 사람이었어. 그는 레지스탕스 조직원도 아니었거든. 바로 그 사람의 부인이 독일 놈들에게 그 사람을 넘긴 거야. 그 부인도 레지스탕스

와는 아무 상관이 없는 사람이었어. 그렇다고 바람이 난 여자도 아니었고. 정말이지, 그 여자가 우리를 구해주어야 할 만한 이유는 하나도 없었어.

당시 독일놈들은 변압기 폭파 테러 사건에 대해 반드시 복수하겠다고 떠들어댔기 때문에 소문이 무성했었다. 그래서 모든 프랑스 사람들은 겁을 집어먹었지. 그런데 그 부인은 반대로 생각한 거야. 잔인무도한 독일놈들이 하고 싶은 대로 하도록 내버려둘 수는 없다고 생각한 거지. 바로 그 즈음에 독일놈들이 인질 네 명을 잡았고, 범인이 자수하지 않으면 인질들을 곧 총살시킬 것이라는 소문이 돌았어.

그 부인은 결혼한 지 한 달도 되지 않았는데, 새신랑이 생사의 기로에 있었어. 그녀의 새신랑은 금방이라도 숨이 넘어갈 듯했지. 그 부인은 죽어가는 남편을 바라보며 그가 이 세상을 떠나기 전에 마지막으로 뜻 있는 일을 할 수 있다고 생각했던 거야. 그래서 독일장교를 찾아가 남편이 변압기를 폭파시킨 범인이라고 고발했단다.

독일놈들은 그 말을 듣고 당연히 코웃음쳤어. 놈들도 남편에게 발톱을 내미는 여자들을 수없이 봐왔거든. 그렇지만 남편을 테러범으로 몰아 죽이려는 여자는 처음 보았기 때문에 좀더 자세히 알아보고 싶었겠지. 그래서 그들은 남편에게 여자가 고발했다는 사실을 알려주면 어떻게 되는지 알고 싶어서 달려갔어. 놈들이 남편을 만나러 갔을 때 그는 그날 저녁을 넘기기 어려울 정도로 사경을 헤매고 있었어. 놈들은 정말 어찌된 영문인지 이해할 수가 없었지. 여자는 하루만 기다려도 남편에게서 영원히 벗어나 자유의 몸이 될 수 있었는데 왜 하루를 기다리지 못했을까?

마지막 숨을 거두기 직전의 남편은 침대에 누워 아내의 눈을 똑바로 바라보며 자신이 혼자서 변압기에 다이너마이트를 설치했다고 자백했단다. 그는 자신의 죄값을 달게 받을 것이며 후회는 없다고 말했지. 그러자 독일놈들은 열을 받았지. 놈들은 그 남편을 집에서 끌어내 기둥에 묶었어. 독일병이 그에게 총을 쏘자 몸에 감겨 있던 붕대가 날아가고, 그의 화상 입은 몸에는 커다란 구멍이 뚫려 버렸다고 하더구나.

독일놈들이 우리를 풀어준 이유가 바로 이거였단다. 놈들은 그 부인과 남편의 말을 정말로 믿었어. 그도 그럴 것이 그 남편은 두에 역의 전기공이었고, 변압기가 폭발하는 바람에 화상을 입었거든. 그 사람은 뼛속까지 화상을 입었어. 바로 우리가 그 사람을 죽게 한 것이지. 그런데 바로 그 사람이 우리를 구해준 거야!

우리는 그가 역에 있는 줄도 모르고 변압기를 폭파시켰던 거였어.

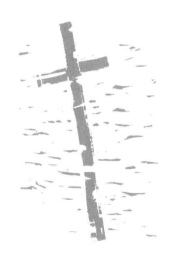

그는 우리가 전기공 복장을 하고 역으로 들어오는 것을 봤다고 하더구나. 그는 열심히 일하다가 퇴근 시간이 지났는지도 모르고 그때까지 역에 있었지. 그는 우리가 폭파 테러를 하리라고는 생각지도 못하고, 변압기에 있는 구리를 훔치러 온 것으로 여겼어. 그는 혼자서 우리 두 사람과 싸울 수 없다고 판단하고 우리가 역을 나갈 때까지 기다리고 있다가 우리가 나가면 변압기에 이상이 없는지 확인하고 회사에 알리려고 기다리고 있었던 거야.

그런데 갑자기 펑! 폭발소리가 들려왔지. 최악으로 화상을 입은 채 누워 있는 그를 발견한 사람들은 철도공들이었어. 철도공들은 그가 변압기를 폭파시키면서 축배를 마신 것으로 오해했지. 그래서 그들은 그를 부인에게 몰래 데려다 주었단다.

전쟁이 끝난 후에 많은 사람들이 레지스탕스 요원이나 순교자로서 자신의 이름이 거리의 이름으로 정해져 영원히 기억되기를 바랐다는 것은 너도 잘 알지? 그러나 그 부인은 남편의 이름을 딴 거리를 만들겠다는 제

안을 단호하게 거절했다고 하더구나.

우리가 수용소를 탈출한 후에 이 모든 사실을 알게 되었지만 강제노동국(역자주 : 제2차 세계대전 당시 비시 정부가 독일에 징용자를 보내기 위해 설치한 관청)에 끌려가게 될까봐 두려워서 숨어 있어야만 했어. 그래서 네 아버지와 나는 탄광촌에 가서 광부가 되었지. 석탄으로 얼굴이 시커멓게 되면 누가 누군지 알아볼 수가 없을 테니까. 우리는 탄광에서나 레지스탕스 활동에 있어서나 거의 죽음에 맞닿아 사는 건 마찬가지였어.

우리는 계속해서 다이너마이트를 설치하고 테러를 하며 살았지. 그래서 전쟁이 끝난 후에야 그 부인에게 고맙다는 말을 하러 갈 수 있었다.

전쟁이 끝난 후 네 아버지는 다시 학교에서 아이들을 가르쳤고, 나는 다시 전기공으로 일을 시작했지. 우리는 전쟁에서 살아 남았던 거야.

화창한 어느 일요일이었단다. 우리는 넥타이까지 매고 잔뜩 멋을 부렸어. 구두 밑창에 구멍이 뚫려 있어서 마분지를 깔았지만 겉으로 보이지는 않았어. 그래도 구두 겉만은 반들반들하게 잘 닦았단다.

그리고 우리 두 사람은 손에 꽃까지 들었지. 너의 할아버지 집 정원에 피어 있던 장미꽃을 꺾은 것이었지만 말이야.

우리는 타고 온 자전거를 담벼락에 기대어 세워놓고, 그 집의 문을 두드렸어. 두에에 있는 블렝 거리 초입에 있는 작은 집이었지.

그녀가 문을 열었을 때…… 우리는 무슨 말이라도 하고 싶었지만, 입을 열기만 하면 울음이 터져나올 것 같아, 이를 꽉 물고 숨을 크게 들이쉬며 바보같이 서 있었단다. 그녀는 앞치마 자락으로 눈물을 훔치며 우리를 두 팔로 껴안았어.

그때 우리의 심정은 정말 말로 표현할 수가 없구나. 우리는 오후 내내 그녀와 함께 있었어. 장작을 패고, 그녀가 직접 만든 맥주를 마시며 끝없는 대화를 나누었지. 그리고 저녁이 되었을 때 네 아버지와 나는 똑같이 그녀에게 반해 버렸단다.

그녀의 이름은…… 니꼴이었어. 물론 지금도…… 그
녀의 이름은 니꼴이지만…… 그렇게 해서 나는 그녀와
결혼했지.

가스똥 삼촌은 이야기를 끝내고 이미 김이 빠져버린 맥주잔을 비웠다. 그가 아버지, 삼촌, 숙모, 세 사람의 비밀을 숨김없이 다 털어놓은 것이다. 삼촌은 자신의 이야기에서 가장 아름다운 부분인 니꼴 숙모에 대한 이야기를 끝까지 숨기다가 나중에야 밝힌 것이 미안한지 천진한 웃음을 지었다.

삼촌은 맥주잔을 비우며 한가로운 일요일 저녁을 즐기고 있었다. 니꼴 숙모는 돌아와서 아까부터 카운터 저쪽에 앉아 있었다. 사 온 튀김을 다 먹어버린 지는 이미 오래 전이었다. 그녀는 아버지와 삼촌을 바라보았다. 그들은 말이 필요 없는 사이였다.

어머니는 다리가 아플 때마다 짓는 표정을 하고 있었다. 누나는 멍청한 표정으로 가만히 앉아 있었다.

나는 벽에 붙어 있는 「다리」 영화 포스터를 바라보았다. 거기에는 "베르나르 비키의 영화"라고 씌어 있었다. 그가 바로 인질들을 지키던 바로 그 보초병이었다. 그 어릿광대 군인 말이다.

아버지는 빨간 머리 가발을 쓰고 평생 몸을 낮추고 살았다. 몸을 낮추었다는 것은 말 그대로 항상 사람들에게 공손하게 고개를 숙이며 살았다는 뜻이다.

짙은 안개가 낀 어느 날 갑자기 죽음의 천사가 아버지를 찾아와 하늘나라로 모시고 가버리기까지는 말이다. 그렇지만 그날 아버지가 새로 산 챙 모자를 쓰고 있어서 천사가 그를 다른 사람으로 착각하여 저지른 실수였다고 나는 생각한다.

그날 아버지는 릴르 역으로 나를 마중 나와 있었다. 기차에서 내렸을 때 응급조치를 하고 있는 구조대원 사이로 몸이 반쯤 가려져 누워 있는 사람이 바로 아버지라고는 생각조차 할 수 없었다. 마치 마지막 묘기를 보여준 후 동전을 걷으려고 내려놓은 것처럼 챙 모자가 그의 옆에 뒤집혀 있었다.

아버지! 제가 당신의 여행가방을 가지고 있어요. 지금 당신의 여행가방은 릴르를 거쳐 브뤼셀에서 보르도로 가는 테제베 기차 선반에 놓여 있습니다. 가방 안에는 아버지가 돌아가시기 전에 정리해놓은 그대로, 크레용이 색깔별로 정돈되어 있고, 레이너 화장품 풀셋트 그리고 분이 들어 있어요. 아버지가 무대에서 입던 낡은 광대 의상도 그대로 있구요. 제 직장 동료들인 유럽연합 재정부 고위관료들은 제가 들고 가는 여행가방이 무엇이며, 제가 무슨 계획을 하고 있는지 알고 있습니다. 그들은 분명히 제가 여자에게 실연이라도 당해 깊은 상처를 입은 나머지 머리가 돌아버렸다고 생각할 겁니다. 그들은 고정관념에 사로잡혀 있으니까요.

아버지! 낡은 광대옷이 들어 있는 여행가방이나 어릿광대 교사, 아버지의 돌출행동들, 그리고 가스똥 삼촌이 해준 이야기, 그 모든 것들은 나의 내면 속 장롱 깊숙이

숨겨 놓았습니다. 그리고 릴르 역에서 아버지를 끝내 만나지 못한 것에 대한 어두운 기억은 매일밤마다 악몽이 되어 저를 찾아왔습니다.

아버지! 이제 그 모든 것을 끄집어내어 먼지를 털어내려고 합니다. 내일이면 한 사람이 판결받게 됩니다. 전쟁 후에 그는 몇 개의 훈장을 받았고, 국가의 고위관리까지 지낸 훌륭한 사람이었습니다. 그런데 그는 젊은 시절에 자칭 "프랑스 정부"라고 일컫는 비시 정부하의 보르도 경찰에서 치안 담당 부국장으로 있으면서 범죄를 저지르고도, 공복으로서 거역할 수 없는 명령에 따랐을 뿐이라며 자신의 잘못을 부인하고 있습니다. 그렇지만 그는 분명히 반인륜적 범죄를 저지른 사람입니다. 비시 정부는 실제로 존재했었고, 역사에서 그 부분을 떼어버릴 수는 없기 때문에 그는 반인륜적 범죄를 저지른 사람입니다. 또한 인류에 대한 책임, 인간의 존엄성, 도덕에 따른 행동이 어느 시대의 법률이나 명령보다 우선하기에 그는 반인륜적 범죄를 저지른 사람입니다.

지금 기차는 그 살인자를 재판하는 도시로 저를 싣고

가고 있습니다. 아버지! 가스똥 삼촌과 니꼴 숙모, 그밖의 전쟁의 고통을 안고 간 영혼들을 대신하여 제가 그 재판에 참석해야 한다고 믿습니다. 그 식인귀는 형편없는 어릿광대 짓을 하며 재판을 하나의 가장무도회로 만들려고 하고 있습니다. 그는 옛날의 적들보다도 더 악랄합니다. 옛날의 적들조차도 인간의 존엄성을 배신하는 그의 행동을 보며 그를 혐오스럽게 여길 것입니다.

살인자는 자신이 목숨을 빼앗은 사람들의 삶과 영원한 시간을 대신 누릴 권리라도 있는 양 아직도 자유로운 몸으로 살고 있습니다. 저는 법정이 살인자에게 어떤 형벌을 내리는지 보려고 합니다.

빛나는 권위의 상징인 법정이 무고하게 죽어간 사람들의 한을 풀어줄 것인지 보려고 합니다.

피고의 이름이 뭐냐고요? 마치 갑자기 들려온 메아리처럼, 또는 갑자기 얻어맞은 따귀처럼 그의 이름은 거의 기억도 나지 않습니다. 내일이 되면 그 이름을 완전히 잊어버리고 싶습니다. 다만 그가 앗아간 생명들의 이름만을 기억 속에 간직하고 싶습니다.

내일이 되면 저는 눈에 검은 칠을 하고, 양볼에는 빨간 동그라미를 그릴 것입니다. 내일 저는 밤나무와 자작나무가 우거진 그 숲에서 마지막 미소를 거둔 그들을 대신하여 존재하려고 합니다. 아버지, 당신이 그렇게도 부활시키고 싶어했던 그 사람들 말입니다.

아버지, 내일 저는 최선을 다하려고 합니다. 최선을 다해서 어릿광대 노릇을 하렵니다. 그렇게 해서 저는 그들을 대신하여 그들의 이름으로 다시 태어난 인간이려고 합니다. 믿어 주십시오! 아버지!

감동적으로 그려진 한 가족사

2001년도 프랑스 출판계를 뒤흔든 사건은 『처절한 정원』의 대성공이었다. 약 60쪽 분량의 짧은 소설이 1년 이상 베스트셀러 자리를 놓치지 않은 것은 프랑스 출판계에서 드문 사건이었다.

신문, 잡지 등에서도 이 작품을 "훌륭한 작품이다", "기막히게 뛰어난 작품이다"라고 한결같이 평가하였다. 또한 이 책은 세계 각지에서 많은 관심을 불러일으켰으며 미국, 영국, 독일, 이탈리아, 네덜란드, 스페인, 일본, 대만 등지에 저작권이 팔려나갔다. 그뿐만 아니라 세계의 영화제작자들이 이 소설을 영화화하려고 달려들고 있다.

어떻게 이 짧은 소설이 예기치 않게 대단한 성공을

거둘 수 있었을까? 여기에는 여러 가지 설명이 가능하다. 제일 먼저 당시 프랑스를 떠들썩하게 한 모리스 파퐁의 재판의 영향을 언급해야 할 것이다.

1999년 10월 프랑스는 반인륜적 범죄를 저지른 모리스 파퐁의 재판으로 시끄러웠다. 제2차 세계대전이 끝난 후에 파퐁은 자신이 나치에 저항한 레지스탕스였다는 경력을 내세워 코르시카와 알제리 행정장관(1947-1951년)을 역임했고, 드골 정권하에서는 파리 경찰국장, 지스카르 데스탱 정권 때에는 예산장관까지 역임했다. 그러나 40년간이나 지하에 묻혀 있던 그의 범죄는 마이클 슬리틴이라는 역사학자에 의해 모두 폭로되고 만다. 마이클 슬리틴은 파퐁에 의해 아우슈비츠로 보내졌지만 기적적으로 살아남아 1981년 한 주간지에 파퐁의 반인륜적 범죄를 낱낱이 증언한 것이다.

모리스 파퐁은 나치의 꼭두각시 정권이었던 비시 정권하에서 보르도 지역의 치안 부책임자였다. 그는 1942년에서부터 1944년까지 1,590명의 유대인을 체포하여 죽음의 아우슈비츠 수용소로 보냈다.

희생자 유족들의 고발로 모리스 파퐁은 1983년에 정식 기소되었다.

그러나 모리스 파퐁을 법정에 세우기까지는 16년의 세월이 필요했다. 왜냐하면 한동안 비시 정권하에서 일했던 관리들의 수동적 행위를 단죄할 수 있는가 하는 논란이 야기됐기 때문이다. 파퐁 자신도 "공복으로서 거역할 수 없는 명령에 따랐을 뿐"이라고 항변했다. 그리고 파퐁의 반인륜적 범죄에 대한 사실 확인이 어려웠을 뿐 아니라, 드골 정권 등 전후의 정권에 대한 평가와 역사 해석 문제와 맞물려 여론이 혼란스러웠다.

1995년 쟈크 시라크 대통령이 취임하여 유대인 강제 수용에 대한 프랑스의 국가적 책임을 처음으로 시인한 후에야 비로소 모리스 파퐁에 대한 응징이 본격화되었다. 1997년 보르도 항소법원이 모리스 파퐁을 재판에 회부했고, 6개월 후에 그는 징역 10년형을 받았다. 그러나 그는 이에 불복해 항소했고, 그 결과가 나오기 직전 외국으로 망명을 시도했지만 결국 스위스의 휴양지 그스타트에서 체포되어 프랑스로 압송되었다. 이렇게

하여 1999년 당시 89세인 모리스 파퐁은 감옥에서 생을 마쳐야 할지도 모르는 운명에 처하게 되었다.

나치의 반인륜적 범죄 처벌에는 시효가 따로 없고, 예외가 없다는 것이 프랑스와 유럽 국가들의 변치 않는 입장이다. 이러한 입장은 일제 시대의 친일인사들이 저지른 반민족적 행위나 위안부 등에 행한 일제의 반인륜적 범죄에 대한 청산이 완전히 이루어지지 않은 우리의 역사에 비추어 볼 때 시사하는 바가 크다.

『처절한 정원』은 보르도에서 열린 모리스 파퐁의 재판을 배경으로 시작하고 끝난다. "여러 사람이 모리스 파퐁의 재판이 열리고 있는 보르도 법정으로 들어가려고 하는 어릿광대를 경찰이 막는 것을 보았다고 증언했다"로 시작되는 이 작품을 처음으로 읽을 때 독자들은 '정말로 어릿광대가 법정에 왔었을까?' 하는 의문을 갖게 된다. 작가는 어릿광대를 등장시켜 근본적이고 철저하게 왜 모리스 파퐁이 용서받을 수 없는 죄인인가를 고발하고 있다. 이 작품을 읽으면 자신은 "공복으로서 거역할 수 없는 명령에 따랐을 뿐"이기 때문에 무죄라고 하는 모리스 파퐁의 주장은 궤변에 불과하며, 반인륜적 범죄에 대한 처벌에는 시효가 없어야 한다는 주장이 얼마나 설득력이 있는가를 깨닫게 된다.

또한 이 작품이 대성공을 거두게 된 것은, 작가의 아이러니컬하면서도 절제된 문체를 통하여 한 가족사가 감동적으로 그려져 있기 때문이다.

이 작품은 작가의 어린 시절 추억을 중심으로 씌어져 있다. 작가는 어릿광대를 이 세상에서 가장 증오했다고 회상한다. 그것은 어릿광대 노릇을 하던 아버지에 대해 느꼈던 수치심 때문이었다고 한다.

아버지가 어릿광대로 살아야 하는 저주를 받게 된 연유에는 가족사의 비밀이 있었다. 이 비밀을 작가에게 알려준 사람은 가스똥 삼촌이었다.

미셸 깽은 가장 비극적이고 공포스러운 장면을 희극적이고 조소가 가득한 문장으로 표현함으로써 이런 종류의 소설이 빠지기 쉬운 감상주의에 빠지지 않았다.

예를 들어 이제 총살을 당한다고 생각되는 순간에 "시선이 피클 병에 고정되었다"거나 "옛날에 나를 좋아하던 그 여자 이름이 뭐였더라?" 하면서 삼촌은 엉뚱한 생각을 떠올렸다고 말한다. 독자들은 처절한 상황에서도 사소하고 평범한 것에 집착하는 인간의 모습에서 웃음을 지을 수밖에 없다.

또한 1939년 프랑스컵 축구 경기 첫대회에서 자신의 팀이 프랑스 헌병들이 응원하는 팀을 삼 대 영으로 대파했다는 이유로 인질로 붙잡혀서 총살을 당할 수도 있던 황당한 시대가 프랑스에 존재했음을 알 수 있다.

프랑스 출판사 사장인 조엘 로스펠은 이 작품이 대성공을 거둔 것에 대한 소감을 이렇게 말했다.

"이렇게도 이 작품이 많이 팔릴 줄은 꿈에도 몰랐습니다. 저는 미셸 깽의 작품을 출판한 지가 이번이 세번째인데 지난번까지는 겨우 천여 권 팔렸습니다. 그런데 왜 이 작품만 이렇게 많이 팔렸을까요? 정말이지 기적이라도 일어난 듯합니다. 이 작품의 성공은 대단합니다. 프랑스에서 뿐만 아니라 온갖 언어로 번역되어 세계적인 성공이 약속되어 있습니다. 미셸 깽은 사람들에게 할 이야깃거리가 있다고 저는 생각해왔습니다. 저는 정말이지 동화 속에 있는 기분입니다."

미셸 깽은 1949년 프랑스의 빠드갈레에서 태어났다. 그는 1970년대 말에 릴르 대학에서 문학을 전공하였고 약 20여 권의 책을 출판했다. 이 책은 모두 탐정소설로서 대표적인 작품으로는 1984년에 출판한 『밝힐 수 없는 유언』, 1989년에 출판한 『층계에서의 당구』 등이 있다. 특히 『층계에서의 당구』는 탐정소설대상을 수상하기도 하였다.

2000년 가을은 작가 미셸 깽에게 최고의 계절이었다. 프랑스의 그르노블에서 있던 책과 영화의 페스티벌에서 "당신은 누구십니까?"라는 질문에 그는 이렇게 대답했다.

"내가 누구인지 밝혀야 한다면 나는 내가 무슨 일을 하는지로 대답할 수밖에 없습니다. 나는 북부지방 태생입니다. 나의 일은 현실을 바꾸고, 일상 속에 숨어 있는 균열을 창조하고 일상에 주름을 만들고, 걸레질

하고, 때로는 일상을 찢어 버리는 것입니다. 즉 일상에 의심을 품게 하는 일이죠. 거기에 바로 소설의 검은 색깔(프랑스에서는 탐정소설을 검은 소설이라고 부르는데 여기서 검은 색깔은 바로 탐정소설의 색깔을 일컫는다)이 깃들어 있는 것입니다. 인물들과 독자들에게 나는 누구인가라는 의문을 품게 하는 것입니다."

『처절한 정원』은 모리스 파퐁의 재판에 느닷없이 어릿광대가 나타남으로써 독자로 하여금 많은 의문을 품게 만든다. 독자들은 우화 같은 이 짧은 소설이 전하고자 하는 의미를 찾아서, 결말에서야 밝혀지는 그 비밀을 찾아 어둠 속에 묻혀 있던 과거로 거슬러 가는 탐색 여행을 떠난다.

『처절한 정원』은 기막히게 뛰어난 작품이다. 우선 잊혀졌던 과거를 다시 되살려낸다는 점에서 훌륭하다. 1940년대에 이십대였던 아버지 세대들에 대한 추억이라는 점에서 뛰어나다. 우리와 가까웠던 그 세대 사람들을 원래의 모습대로 생생하게 재현해냈다는 점에서 훌륭하다.

또한 이 작품은 양심의 문제, 역사 속의 시련, 운명의 대전환 등을 다루었다는 점에서 훌륭하다. 특히 마지막 장면을 잊을 수 없다. 작가는 독자에게 "이제 그들이 우리에게 이야기할 수 없었던 것을 우리가 이야기해야 할 때가 되었습니다!"라고 조심스럽게 외친다.

이 인 숙

미셸 깽 *Michel Quint*

　미셸 깽은 1949년 프랑스의 빠드갈레에서 태어났다. 1970년대 말에 릴르 대학에서 문학을 전공하였고 지금까지 약 20여 권의 책을 출판하였다. 대표작으로는 1984년에 출판한 『밝힐 수 없는 유언』, 1989년에 출판한 『층계에서의 당구』 등이 있다. 특히 『층계에서의 당구』는 탐정소설대상을 수상하기도 했다.

　2000년 9월에 출간된 『처절한 정원』은 1년 이상 베스트셀러에 올랐으며, 미국, 독일, 영국, 네덜란드, 스페인, 이탈리아, 헝가리, 대만, 일본, 브라질 등에 저작권이 팔렸다. 또한 이 작품은 2001년도 파리 페스티벌에서 영화로 만들기에 가장 좋은 소설로 선정되기도 하였다.